ANNA CATHARINA SIQUEIRA

agora ou nunca

DIÁLOGO

ilustrações
Fernanda Guedes

Vencedor do concurso
"Quero ser escritor"
2003

editora scipione

Gerente editorial
Sâmia Rios
Editor
Mauro Aristides
Editor assistente
José Paulo Brait
Revisores
Nair Hitomi Kayo,
Mariana de Lima Albertini,
e Renato Luiz Tresolavy
Coordenadora de arte
Maria do Céu Pires Passuello
Diagramadora
Carla Almeida Freire
Programador visual de capa e miolo
Rex Design

editora scipione

Av. das Nações Unidas, 7221
Pinheiros
CEP 05425-902 – São Paulo – SP

ATENDIMENTO AO CLIENTE
Tel.: 4003-3061

www.coletivoleitor.com.br
e-mail: atendimento@aticascipione.com.br

2019
ISBN 978-85-262-8019-9 – AL

CL: 737601

CAE: 259370

IS: 248686

2.ª EDIÇÃO
5.ª impressão
Impressão e acabamento
Gráfica Paym

Dados Internacionais de Catalogação na Publicação (CIP)
(Câmara Brasileira do Livro, SP, Brasil)

Siqueira, Anna Catharina

Agora ou nunca / Anna Catharina Siqueira; ilustrações de Fernanda Guedes. – São Paulo: Scipione, 2003. (Série Diálogo)

1. Literatura infantojuvenil I. Guedes, Fernanda. II. Título. III. Série.

03-4197 CDD-028.5

Índices para catálogo sistemático:
1. Literatura infantojuvenil 028.5
2. Literatura juvenil 028.5

Para mamãe e vovó, minhas incansáveis chefes de torcida; minha irmã, por resgatar junto comigo o olhar de adolescente; Sonia Rodrigues, pelo grande ensinamento; e meus amigos, pelo incentivo de sempre.

SUMÁRIO

BOLETIM

Capítulo 1

— **Nem te conto, mãe.** Passei de ano direto!

Era início de tarde de uma sexta-feira, primeira semana de dezembro. Bárbara estava radiante. Mal recebeu a notícia no colégio, botou a mochila nas costas e correu para casa, para contar a novidade à mãe.

– Parabéns, minha filha. Como eu tenho orgulho de você! – derreteu-se Sueli, enquanto dava um abraço carinhoso na menina.

Embora Bárbara sempre tivesse sido boa aluna, desta vez a notícia tinha um gostinho diferente: ela havia terminado o nono ano. A partir de agora, faltariam apenas três anos para o vestibular de jornalismo, quando investiria no sonho de se tornar repórter de televisão. A garota estava consciente do longo caminho a percorrer antes que a escova de cabelo e o espelho do seu armário fossem substituídos por um microfone e uma câmera de verdade.

Mas isso não era problema: Bárbara usaria os anos seguintes para se preparar.

A maior preocupação da menina era a grana que Sueli ganhava, ou melhor, deixava de ganhar. A mãe não tinha culpa, ela sabia. O pai as abandonara quando Bárbara era ainda um bebê, e Sueli teve de criá-la sozinha. De parente, a menina tinha conhecimento apenas de uma tia, irmã de sua mãe, mas nunca chegara a ver. No mais, havia alguns tios e primos de Sueli, que moravam no interior do Rio de Janeiro e pouco mantinham contato.

Bárbara e Sueli levavam uma vida modesta, numa casa do subúrbio carioca. Não raro, a mãe passava dias e noites fazendo salgados para fora. Era isso que garantia o sustento das duas. A filha reconhecia o esforço de Sueli em lhe oferecer o mínimo de conforto, mas receava ter de adiar o sonho de estudar jornalismo para reforçar o orçamento de casa. Enquanto essa possibilidade não se apresentava, a menina fazia a sua parte. Dedicava-se aos estudos, ajudava a mãe a preparar as encomendas e sempre arrumava tempo para divertir-se com os amigos.

– Chamei o Anderson e a Natália para passarem a tarde aqui. Eles já devem estar chegando. Você me libera de te ajudar na cozinha, mãe? – pediu Bárbara.

– Claro, filha, hoje você pode tudo. Vou esquentar o seu almoço enquanto você toma banho – avisou Sueli.

A ansiedade pela tarde de cantoria em seu primeiro dia de férias fez com que Bárbara tomasse banho em cinco minutos e almoçasse em outros cinco. Quando estava na penúltima garfada, os amigos a chamaram no portão. A menina largou o prato na cozinha e, antes de alcançar a janela da sala, de onde acenou para que Anderson e Natália entrassem, parou para ligar a televisão e o videoquê. O aparelho fora comprado por Sueli um mês antes, quando a garota completou quinze anos. Suas economias não foram suficientes para oferecer uma festa de debutante à filha, mas, apertando aqui e ali, deu pelo menos para fazer um crediário. Desde que ganhara o presente, Bárbara contava os dias para entrar em férias, quando teria mais tempo de aproveitá-lo.

A tarde seguiu numa animação só. Os três amigos se revezavam na cantoria, e algumas vezes todos cantavam em coro. De vez em quando, Sueli aparecia na porta da cozinha e, ainda que cansada, era contagiada pelo ar de felicidade da filha. O jeito de Bárbara era mesmo fascinante. Alegre, comunicativa, divertida, educada, meiga, de bem com a vida, não havia quem não gostasse da menina.

Como se isso fosse pouco, Bárbara era dona de uma beleza incomum. Bem alta para a sua idade, morena, com longos cabelos lisos e olhos que pareciam duas jabuticabas, chamava a atenção por onde quer que passasse. No colégio era a mais admirada pelos meninos, porém sempre agiu como se não percebesse. Como qualquer adolescente, já havia ficado com alguns meninos. Mas namoro sério, isso ainda não tinha acontecido. Uma vez rolou um namorico com um colega de turma, que não foi adiante porque ele sentia muito ciúme dela com Anderson. Por mais que a menina explicasse a relação de amizade entre os dois, o rapaz não bancou a situação.

Bárbara, Anderson e Natália estudavam juntos. Bárbara e Anderson, na mesma turma. Natália havia repetido o oitavo ano e, desde então, estava sempre uma turma abaixo dos amigos. Na hora do recreio, os três não se desgrudavam. Nas férias, então, nem se fala.

Era a vez de Natália cantar, e Anderson se levantou para ir ao banheiro, que ficava em frente ao quarto de Bárbara. Ao olhar para dentro do quarto, o menino não resistiu e entrou, como se fosse atraído pelas fotos que ficavam presas a um pedaço de cortiça. Ele já havia visto aquelas fotos várias vezes, pois costumava passar algumas tardes ali estudando com a amiga. Mas nunca tivera a oportunidade de apreciá-las sozinho. Uma delas, em especial, sempre lhe chamou a atenção. Era Bárbara segurando uma escova de cabelo, como microfone, posando de repórter. Quase por instinto, Anderson tocou o rosto da menina na foto e, num gesto de admiração e encantamento, contemplou o brilho nos olhos dela.

A essa altura, Natália já havia cantado uma música e Bárbara estava no último refrão da sua. Como o próximo seria Anderson, que as duas meninas pensavam ainda estar no banheiro, Natália resolveu ir chamá-lo. A cena que viu deixou-a desconcertada.

Antes que pudesse pensar numa forma de tirar o rapaz dali, Natália ouviu a voz de Bárbara atendendo ao telefone que acabara de tocar na sala. Foi a deixa perfeita, já que a menina não escutaria e, quando voltassem à sala, Anderson estaria convencido a ir embora, sem dar chance à amiga de insistir para que eles ficassem um pouco mais.

– Anderson, já escureceu, preciso ir. Eu disse à minha mãe que, se ficasse tarde, você desceria a rua comigo até a porta da minha casa. Você vem? – perguntou Natália da porta do quarto.

– Hã, claro. Vamos, sim. Também já está na minha hora – consentiu Anderson, tentando disfarçar o flagrante.

De volta à sala, os dois se despediram de Bárbara e acenaram para Sueli, que fazia cara de desânimo ao falar ao telefone com a dona do bufê para o qual fornecia salgados. Bárbara estava tão curiosa em saber o que a mulher dizia à sua mãe que nem insistiu para que Anderson e Natália ficassem. Apenas levou-os até a porta e voltou para o sofá, enquanto esperava Sueli desligar.

– Eu mereço. A supervisora do bufê está doente, e a dona quer que eu vá ajudar na festa de amanhã. Tá certo que vai entrar um dinheirinho extra, mas com essa eu não contava – lamentou Sueli, tão logo colocou o fone no gancho.

– Não fica assim, mãe. Eu vou também, pronto. Dividimos as tarefas durante a festa e você não vai precisar andar tanto de um lado para o outro – ofereceu-se Bárbara.

Sueli esboçou um sorriso para a filha, que lhe deu a mão e a puxou para a cozinha.

– Vamos, eu te ajudo a terminar logo essa encomenda.

– Obrigada, minha filha. Você é um anjo.

Capítulo 2

No final da tarde de sábado, o motorista do bufê passou num furgão para pegar Sueli, Bárbara e as caixas de salgados. A viagem foi longa, mas nada tirava o bom humor da menina. Enquanto a mãe cochilava, Bárbara apreciava o trajeto, imaginando o dia em que entraria de novo num carro como aquele. Só que, em vez do nome do bufê, estaria escrito "Reportagem".

A festa era na casa de um figurão da moda. Casa não, mansão. O dono, um estilista famoso, queria comemorar os dez anos de sua grife em alto estilo, com a presença de trezentos convidados. Assim que chegaram, mãe e filha juntaram-se aos funcionários do bufê para organizar os últimos preparativos. O combinado era Sueli ficar com a parte menos cansativa, circulando por perto da mesa para monitorar o trabalho dos rapazes que serviriam o jantar. Na cozinha, Bárbara ajudaria a operar as fritadeiras e a repor as bandejas de salgados.

A dona do bufê passou as últimas instruções e pediu que todos ocupassem seus postos, pois os primeiros convidados chegariam em poucos minutos. Como já havia montado várias bandejas de canapés, o que lhe daria uma folga antes de fritar a primeira leva de salgados, Bárbara foi até o jardim dar uma olhada na festa. Por cinco minutos, ficou encostada num canto, de onde apreciou a decoração, as pessoas se cumprimentando, bem-vestidas, rindo à toa. "Parece que nunca tiveram um problema na vida", pensou, admirando, pela primeira vez, uma cena que só vira antes em filmes e novelas.

De volta à cozinha, Bárbara retomou suas tarefas. De tempos em tempos, Sueli mandava um garçom perguntar à menina se estava tudo em ordem. Tudo corria bem, inclusive a satisfação da dona do bufê.

– Sua filha está se saindo muito bem. Estou mesmo precisando de uma auxiliar de cozinha, acho que ela seria a pessoa indicada – disse a empresária a Sueli, pouco antes de o jantar ser servido.

– Nem pensar. Enquanto eu tiver disposição para trabalhar e o dinheiro dos salgados der conta do recado, quero que minha filha continue se dedicando aos estudos – cortou Sueli. – Ela só veio hoje porque eu passei os três últimos dias em pé na cozinha, estou muito cansada e precisava de ajuda.

– Está certo. Eu também sou mãe, entendo e admiro muito a sua luta. De qualquer forma, faço questão de pagar pelo trabalho de Bárbara hoje. Não é muita coisa, mas ela está fazendo por merecer – elogiou, mais uma vez, a dona do bufê.

– Tudo bem, isso eu acho justo. Ela vai gostar de ganhar esse dinheiro para gastar nas férias – consentiu Sueli.

Àquela altura, o jantar estava servido, e os convidados passavam pela mesa para fazer seus pratos. Sueli continuava por perto, supervisionando o trabalho dos garçons, ansiosa para dar uma escapada até a cozinha e contar à filha que ela seria recompensada pelo trabalho.

Bárbara não tinha parado um minuto. O movimento de garçons e bandejas na cozinha era intenso. Só acalmou um pouco depois que saiu o jantar. Foi quando a menina resolveu ir mais uma vez ao jardim. Um garçom disse ter visto jornalistas e fotógrafos circulando lá fora, e ela quis conferir. Saiu pelos fundos, contornou a casa e, antes de alcançar o mesmo canto de onde havia espiado o início da festa, uma convidada veio em sua direção.

– Moça, por favor, me ajuda. Acabei de derramar molho no meu vestido, olha só que tragédia – disse a mulher, mostrando-lhe o tecido manchado.

Bárbara não acreditou. "Justo na hora em que tenho uma folguinha para espiar meus futuros colegas em ação, acontece essa", lamentou a menina. Sua vontade era dizer à mulher que fosse até a cozinha e pedisse ajuda a outra pessoa, mas seu lado prestativo a impediu.

– Claro, senhora. Vamos até a cozinha. Uma vez aconteceu isso comigo e minha mãe resolveu com água morna e limão – lembrou-se Bárbara, ainda decepcionada por ter de voltar do meio do caminho.

As duas alcançaram a cozinha pelos fundos da casa. Enquanto Bárbara providenciava a solução que ela mesma havia sugerido, a mulher pôs-se a observar a movimentação dos empregados, que se desdobravam para dar conta de uma festa daquele porte. Dois minutos depois, a garota aproximou-se da convidada com um pote e um pedaço de pano nas mãos. Ao vê-la bem de perto, desta vez num ambiente mais iluminado, a mulher não se conteve.

– Meu Deus, como você é bonita, menina! – exclamou, segurando o queixo de Bárbara com as mãos.

– Obrigada, senhora – respondeu ela, sorrindo. – Vamos ver se eu consigo dar um jeito no seu vestido.

Bárbara umedeceu o pano no pote com água morna e algumas gotas de limão e esfregou-o, com paciência e cuidado, na parte manchada do vestido. Aos poucos, a gordura foi sendo absorvida, até que a mancha ficou quase imperceptível.

– Pronto, agora é só esperar secar – anunciou Bárbara, orgulhosa.

– Nem sei como agradecer, menina bonita. Aliás, sei sim. Como você se chama?

– Meu nome é Bárbara – respondeu a menina, imaginando que a mulher lhe ofereceria uma gorjeta e ela precisaria encontrar uma forma rápida de recusar, sem parecer antipática.

– Belo nome, Bárbara. Combina direitinho com você – disse a mulher, já a caminho da porta. – Não saia daqui, que eu já volto.

A mulher deixou a cozinha com a mesma velocidade com que interceptara a menina pouco antes, na lateral da casa. Bárbara ficou parada ali por alguns instantes, com o pano na mão, de certa forma aliviada por poder pensar numa desculpa simpática para não aceitar o dinheiro que a desconhecida lhe traria em breve. "Mas... se ela estava com a bolsa, por que não tentou me dar a gorjeta logo?", perguntou-se. "Deixa pra lá. Vai ver, ela é maluca. Aposto que nem vai mais aparecer aqui."

A festa estava na reta final. Sueli continuava no jardim, agora supervisionando os garçons que serviam as bebidas para os poucos convidados que restavam. O pessoal da cozinha começava a recolher as bandejas e a embalar a louça do bufê. Bárbara permanecia a postos, pois, a qualquer momento, poderia ter de fritar mais uma leva de salgados, embora o jantar tivesse sido farto. Como os funcionários do bufê seriam os últimos a deixar a casa, não era preciso ter pressa.

Bárbara ajudou o pessoal a guardar tudo e, mal sentou-se para descansar um pouco, viu a mulher do vestido manchado entrar na cozinha, agora acompanhada.

– Fernando, essa é a Bárbara, a menina de que te falei. É ou não é uma grande descoberta? – gabou-se a mulher.

– Se é – consentiu ele, impressionado com a beleza de Bárbara. – Quantos anos você tem? – perguntou à menina.

– Acabei de fazer quinze – respondeu ela, sem entender o motivo daquela conversa.

– Bom, então deixa eu me apresentar. Meu nome é Fernando e sou agente de modelos. A Rebeca é minha assistente e me falou de você lá fora. Aliás, com toda a razão. Quero que fique com o meu telefone e entre em contato comigo na segunda de manhã – disse, estendendo um cartão para Bárbara.

– Mas... para quê, seu Fernando? – perguntou a menina, ainda assustada com o assédio da dupla.

Fernando tinha uns quarenta e poucos anos, era um cara alto, bonito. Sua aparência revelava que ele sempre estivera ligado ao mundo da moda. Parecia ser uma pessoa direta, sem meias palavras.

– Como, para quê, menina? Já se olhou no espelho? Você é um estouro! Vai passar o resto da vida fritando salgadinhos em festa de gente rica e famosa ou vai preferir ser um deles?

– Segunda de manhã, sem falta – reforçou Rebeca, piscando o olho para Bárbara.

No caminho de volta da festa, a menina não parou de pensar um só minuto na conversa com Rebeca e Fernando. A dona do bufê mandou o motorista levar mãe e filha para casa, e, assim como na ida, Sueli cochilou durante todo o trajeto. Encostada na janela do furgão, Bárbara olhava para o cartão de Fernando e imaginava a oportunidade que aquele encontro poderia lhe proporcionar.

Capítulo 3

O domingo era um dia esperado. Bárbara e Sueli permitiram-se dormir até a hora que bem entendessem, para compensar a movimentação dos dias anteriores. Mesmo abatida pelo cansaço, logo que acordou, Sueli foi para a cozinha preparar a comida preferida da filha: almôndegas com purê de batata. A conversa sobre o encontro com Fernando aconteceu na hora do almoço.

– Mãe, ontem lá na festa eu conheci um cara que é agente de modelos – falou Bárbara, que chegou a pensar em ir direto ao assunto e dizer que Fernando pediu que ela o procurasse. Mas a menina acabou optando por aguardar a reação de Sueli sobre aquela primeira informação.

– É mesmo, filha? Tinha tanta gente famosa lá, né? Eu vi várias moças que aparecem nos comerciais de televisão. Tinha uma que reconheci do anúncio de telefone que fica colado no ponto de ônibus – lembrou Sueli, antes de dar a devida importância ao comentário inicial da filha. – Mas... espera aí, Bárbara. Como você conheceu esse cara, se passou o tempo todo na cozinha?

A menina contou à mãe sobre a sua ida ao jardim para observar o início da festa, o encontro com a mulher do vestido manchado, a água morna com limão, a gorjeta que teria sido recusada e a entrada repentina de Fernando na cozinha. Quando chegou a essa parte da história, fez uma pausa para pensar na maneira adequada de contar sobre o pedido do agente de modelos.

– Mãe, ainda tem uma coisa que eu preciso te contar. Esse cara, o Fernando, pediu para eu telefonar para ele amanhã. Olha aqui o cartão – Bárbara tirou o papel de dentro do bolso do *short* e o estendeu para Sueli.

– O quê??? Quem vai ligar para ele sou eu, e agora mesmo! Onde já se viu um homem assediar uma menina de quinze anos desse jeito? Quem ele pensa que você é? Uma qualquer? – esbravejou Sueli, caminhando furiosa em direção ao telefone.

Por sorte, Bárbara teve tempo de contornar a mesa e alcançar o aparelho antes da mãe. "Ela entendeu tudo errado", pensou a menina, que de certa forma já temia que isso acontecesse.

– Não é nada disso, mãe. Você enlouqueceu? Ele só achou que eu levo jeito para modelo. A mulher do vestido manchado trabalha com ele e falou de mim para ele, foi só isso – tentou explicar Bárbara.

Sueli quase não escutou a última frase da filha. Sua pressão, que de vez em quando oscilava, disparou naquele instante, provocando-lhe taquicardia. A menina correu para pegar o remédio e um copo d'água para a mãe. Só depois de engolir o comprimido, a mulher conseguiu dar o veredicto sobre o assunto.

– Bárbara, eu tenho trabalhado demais e estou muito cansada. Por favor, vê se não inventa moda.

Sueli não andava bem de saúde nos últimos tempos. Bastava trabalhar em excesso ou se aborrecer – ou as duas coisas juntas

– para a sua pressão cair ou subir de repente. Não fazia muito tempo que Bárbara precisara pedir ajuda à vizinha, e as duas correram com ela para o pronto-socorro. Mas desta vez não foi tão grave. Depois de tomar o remédio, ficou descansando no sofá da sala e, aos poucos, sua pressão foi voltando ao normal.

A saúde de Sueli preocupava Bárbara. A menina receava que a mãe tivesse de diminuir o ritmo de trabalho de uma hora para outra. "Se isso acontecer", pensava Bárbara, "vou ser obrigada a interromper meus estudos e fazer alguma coisa para ganhar dinheiro."

Já recuperada, Sueli continuava deitada no sofá, vendo tevê. Bárbara lavou a louça do almoço e ficou um pouco na sala com a mãe. As duas não trocaram uma palavra. Mais tarde, Anderson ligou e chamou a menina para encontrar-se com ele e com o resto da turma na praça. Sueli ouviu a filha dizer ao rapaz que não poderia ir, antes de desligar o telefone.

– O Anderson te chamou para ir aonde? – perguntou ela.

– Na praça. Mas vou ficar aqui com você – Bárbara estava dividida entre o cuidado com a mãe e a vontade de encontrar os amigos.

– Pode ir, filha. Já estou bem, agora eu só preciso descansar – incentivou Sueli.

– Tem certeza? – no fundo, Bárbara torcia para que a resposta fosse positiva.

A mãe fez que sim com a cabeça, cheia de remorso por ter brigado com Bárbara. Não achava justo prendê-la em casa, afinal já se sentia melhor. A menina estava de férias, precisava aproveitar. Além disso, Sueli gostava bastante de Anderson, que considerava um menino educado, responsável, amigo, boa companhia para Bárbara. Já havia reparado no jeito com que o rapaz olhava para a filha, mas nunca tocara nesse assunto com ela.

A turma toda já estava na praça quando Bárbara chegou. Anderson, que jogava basquete com os outros meninos, parou por alguns segundos para acenar para a amiga, feliz com a surpresa de vê-la ali. Aquele jogo era a atividade preferida do rapaz. Por vezes, ele parava algum tempo na praça, na volta da escola, para ensaiar algumas tabelas. Nas férias, Anderson ia à forra, pois havia tempo de sobra para jogar uma partida atrás da outra. Ninguém ganhava dele, e todos diziam que o garoto deveria investir nesse talento e procurar algum time para treinar. Até a forma de se vestir – estava sempre com uma camiseta larga por fora do bermudão, tênis e boné – o deixava com ares de jogador de basquete.

Bárbara sentou-se com Natália e mais duas amigas, que aproveitavam para colocar as fofocas de namoros e azarações em dia, enquanto os garotos não se juntavam a elas. Mas a menina estava distante, sentindo-se culpada pela discussão sobre o encontro com Fernando, que acabou ocasionando o mal-estar da mãe.

Anderson acabou a partida e sentou-se ao lado de Bárbara. Natália fez uma cara de poucos amigos, mas logo continuou a conversar com as outras duas meninas, para não dar bandeira. Da quadra, ainda jogando, o rapaz já havia percebido que algo não ia bem com a amiga.

– Aconteceu alguma coisa, Bárbara?

– Estou preocupada. A pressão da minha mãe disparou pouco antes de você ligar. Por isso eu disse que não vinha – respondeu a menina, sem contar o motivo que levara Sueli a passar mal. – Eu acho até que vou voltar para casa, pois ela está sozinha.

– É melhor mesmo. Vou com você até lá para ver se está tudo bem – ofereceu-se o rapaz.

Os dois se despediram do resto da turma. Natália fez um grande esforço para controlar o ciúme. No caminho, eles se falaram pouco. Quando chegaram à casa da menina, constataram que Sueli estava bem. Bárbara levou Anderson ao portão e, ao agradecer o amigo com um beijo no rosto, por pouco seus lábios não se encontraram, numa daquelas situações em que os dois ficam sem saber o que dizer. Deram um risinho sem graça e ele saiu andando pela calçada. Dez passos adiante, o rapaz virou e acenou para a menina, que permaneceu encostada no portão, pensando no beijo que não acontecera.

“Ai, meu Deus, será?...”, pensou ela, suspeitando pela primeira vez de seus sentimentos em relação a Anderson. “Nada a ver, Bárbara, não viaja”, falou para si mesma, antes de voltar o pensamento para o seu objetivo principal: conversar mais uma vez com a mãe e tentar convencê-la de que o encontro com Fernando poderia ser uma oportunidade rara para ambas melhorarem de vida.

Capítulo 4

Segunda-feira de manhã. Havia chegado a hora de Bárbara falar de novo sobre Fernando com a mãe. Era agora ou nunca. A menina pensara bastante na noite anterior e decidiu que tentaria mais uma vez, aproveitando que Sueli já havia descansado e acordara bem-disposta. Precisava apenas encontrar a melhor maneira de tocar no assunto.

– Mãe, preciso te falar uma coisa. Se, quando eu terminar, você disser que não, tudo bem. Mas antes eu quero que me escute – começou Bárbara.

– O que é? – perguntou Sueli, prevendo o assunto.

– É sobre o cara da festa, que pediu para eu ligar hoje – respondeu a menina, curiosa com a reação da mãe.

– Fala, Bárbara – consentiu Sueli, para alívio da filha, que sabia que a mãe não a deixaria prosseguir caso não houvesse chance de convencê-la.

– Aquela história de você achar que ele estava dando em cima de mim foi viagem sua, mãe. O homem não ficou mais do que cinco minutos na cozinha, e a mulher do vestido manchado estava perto da gente o tempo todo. Foi ela quem o levou lá para falar comigo, disse que eu era muito bonita quando me viu e foi falar isso para ele – explicou Bárbara. – O Fernando pediu para eu ligar porque achou que eu posso me dar bem como modelo. Esse é o trabalho dele, descobrir meninas como eu.

– Minha filha, antes de qualquer coisa, quero te pedir desculpas por ontem. Acho que fiz um julgamento errado e acabei passando das medidas. Pensei muito nisso depois que você foi para a praça.

Eu confio em você, sei que tem juízo e não insistiria nessa história se tivesse percebido que as intenções desse tal Fernando não eram boas – confessou Sueli. – Mas esse negócio de ser modelo, não sei não. Você é uma menina linda, todo mundo fala, e você própria sabe disso. Mas eu nunca vi você ligar para beleza, nem vaidosa você é. Eu sempre achei que a minha menina estava determinada a se tornar jornalista e que nada a desviaria do seu caminho.

– Eu nunca vou desistir de ser jornalista, mãe. Pode apostar, esse é o sonho da minha vida. Mas eu leio nas revistas que as modelos ganham muito dinheiro e, quando a carreira acaba, elas podem até ficar um tempo sem trabalhar. Imagina se eu entro nessa? É a chance que eu tenho de garantir a minha faculdade – disse Bárbara.

– Querida, entenda uma coisa. Eu assumo que transferi para você uma grande carga de responsabilidade, talvez por eu ter te criado sozinha. Mas não posso permitir que isso antecipe as coisas na sua vida. Pelo contrário, quero que viva de acordo com a sua idade, estude, se divirta com os seus amigos. Você já me ajuda bastante, e o que eu ganho tem sido suficiente para a gente viver. Não entendo essa sua preocupação em ganhar dinheiro agora – explicou Sueli.

Mesmo mostrando-se contrária à ideia da filha, Sueli mantinha um tom amistoso ao falar. Bárbara esperou a mãe terminar seu discurso, enquanto se preparava para exercer todo o seu poder de convencimento.

– Mãe, pensa bem. Essa também pode ser nossa chance de melhorar de vida. Ou você acha que eu gosto de te ver dia e noite em pé na cozinha, enrolando salgadinho e depois passando mal de tanto cansaço?

Nesse ponto da conversa, a mulher sentiu uma grande satisfação por ter uma filha diferente da maioria das meninas do bairro. Quando Sueli conversava com outras mães, suas vizinhas, só ouvia queixas. Ficava sabendo que as filhas eram ariscas, tinham problemas de relacionamento com os pais, não estudavam com dedicação, não moviam uma palha dentro de casa, não estavam nem aí para nada.

– Mas como vai ser isso, Bárbara? Quem vai te levar nos lugares? Você sabe muito bem que o meu tempo já é curto para dar conta das encomendas, e esse é o nosso ganha-pão. E a minha filha sair sozinha por aí, nem pensar – frisou Sueli.

– Para de fazer tempestade em copo d'água, mãe. Assim você sofre antes da hora. Eu só quero a sua permissão para ligar para o Fernando. Se achar melhor, você mesma liga. Pode ser até que ele nem se lembre mais de mim – especulou Bárbara.

Sueli não teve saída. "É melhor eu ligar logo, assim essa história acaba de uma vez por todas", pensou. "Pelo menos, ela me pediu permissão, quando poderia ter ligado às escondidas." Seu consentimento foi, no final das contas, uma espécie de retribuição pela atitude correta da filha.

– Cadê o número? – perguntou Sueli, como se dissesse "ok, você venceu". – Mas quem vai ligar sou eu, viu, mocinha?

– Você é a melhor mãe do mundo, dona Sueli – disse Bárbara, que deu um salto do sofá e a cobriu de beijos, antes de ir até o quarto e pegar o cartão de Fernando.

Sueli telefonou e se identificou como a mãe da menina que Fernando havia conhecido na cozinha da festa de sábado. Do outro lado da linha, uma voz feminina pediu que ela aguardasse um instante. Cerca de um minuto depois, a mesma pessoa, que parecia ser a secretária, voltou ao telefone e lhe pediu que deixasse seu número, pois o agente estava ocupado e não poderia atender no momento. Sueli concordou, agradeceu e desligou em seguida.

– Tá vendo, Bárbara? Do jeito que a moça demorou, eles deviam estar pensando em alguma desculpa para me dar.

– Tudo bem, mãe. De repente, ele estava mesmo ocupado e vai ligar quando puder. O importante é que a gente tentou – disse Bárbara, sem conseguir disfarçar a decepção.

Sueli foi tomar banho e se vestir para ir ao supermercado. Sua próxima encomenda não era tão grande quanto a da semana anterior. Ainda assim, ela precisaria repor alguns ingredientes que haviam acabado. Bárbara foi dar um jeito no seu quarto e, em seguida, adiantaria o almoço enquanto a mãe ia às compras.

– O Fernando ligou e pediu para eu ir ao escritório dele amanhã de manhã. Ele queria que fosse hoje, mas eu expliquei que não daria porque moramos longe – disse Bárbara quando Sueli voltou, uma hora e meia depois.

A mãe, que já dera a história por encerrada, não podia mais voltar atrás. Agora que havia bancado aquela situação diante de Bárbara, teria de ir até o fim.

– Tá bom, vou adiantar o trabalho hoje para poder te levar lá amanhã – disse, ainda assimilando a novidade que a filha acabara de lhe contar.

Naquela noite, depois que Bárbara foi dormir, Sueli pegou uma caixa em cima do armário e começou a vasculhá-la até encontrar o que procurava. Era uma carta de sua irmã, Sandra, que lhe pedia perdão por um erro do passado. No mesmo envelope havia uma foto da moça aos dezoito anos. Por algum tempo, ficou olhando para aquela foto e pensando no tipo de influência que Sandra teria exercido sobre a sobrinha caso tivessem convivido desde que a menina era criança. "Boa coisa ela não ensinaria à minha filha", pensou Sueli, que nunca havia respondido a carta nem tampouco perdoado a irmã.

Capítulo 5

Na manhã seguinte, Bárbara e sua mãe saíram de casa com quase duas horas de antecedência, tempo necessário para ir do subúrbio até a zona sul da cidade, onde ficava o escritório de Fernando. A espera na recepção durou mais de vinte minutos, e a menina chegou a ir umas três vezes ao banheiro para olhar-se no espelho. Sueli estranhou o comportamento da filha, que não costumava fazer isso, a não ser quando se fingia de repórter. Da mesma forma, observou que ela havia passado batom, outra atitude rara.

Naquele momento, Sueli percebeu que, além de todos os motivos apresentados pela filha, a perspectiva de se tornar modelo havia mexido com o ego da menina, impondo-lhe um grau de excitamento fora do comum. A descoberta fez com que ela sentisse medo de a experiência não dar certo e de Bárbara, ainda tão jovem, vir a sofrer uma frustração. "Vai entender. Até ontem eu não concordava com essa história, agora já começo a torcer para que dê certo", pensou.

A secretária encaminhou Sueli até a sala de Fernando e pediu que Bárbara aguardasse mais um pouco na recepção. As duas se entreolharam, como se perguntassem uma à outra o motivo daquilo, mas agiram conforme o indicado. Tal como fizera com a menina na festa, o agente foi direto ao assunto.

– Dona Sueli, a sua filha é lindíssima, e o meu trabalho é descobrir meninas que possam arrasar nas passarelas. Quando encontrei Bárbara naquela festa, vi uma *top model* em potencial. É claro que ela precisa ser treinada, mas isso é o de menos. O que importa é o futuro que essa jovem pode ter pela frente – anunciou Fernando.

Enquanto ele falava, Sueli pôs-se a observá-lo. Era um homem bonito, na faixa dos quarenta anos, e os cabelos grisalhos acentuavam o seu charme. Trajava calça *jeans* e camisa social, ambas de grife. Também era simpático e articulado, e tudo indicava que tinha um bom nível social.

O escritório, muito bem decorado, tinha móveis novos e modernos. Um porta-retratos na estante atrás da mesa exibia uma foto de Fernando com a mulher e o casal de filhos. Ao ver a imagem desse homem com a família, Sueli sentiu vergonha por ter achado que ele estaria assediando sua filha na festa. "Como diria Bárbara, que mico!", pensou, com um ligeiro sorriso no canto dos lábios.

No geral, a primeira impressão que Sueli teve de Fernando foi boa. Mas, embora ele parecesse ser do bem, ela não estava disposta a facilitar as coisas. Não sem antes ter a garantia de que o preço a ser pago não seria alto demais e que o bem-estar de sua filha seria preservado sob qualquer circunstância.

– Seu Fernando, foi até bom podermos conversar a sós. Não vou enganá-lo, só viemos aqui porque Bárbara insistiu. Por mim, essa história não teria ido adiante. Mas o senhor sabe como é, pelos filhos nós fazemos qualquer coisa – iniciou, enquanto o agente balançava a cabeça, dando a entender que concordava com o que Sueli acabara de falar. – Acontece que somos pessoas simples, com poucos recursos. Eu crio essa menina sozinha e, graças a Deus, estou conseguindo fazer um bom trabalho, pelo menos tenho conseguido até aqui. O que eu quero deixar claro, na verdade, é que o nosso mundo é bem diferente daquele em que vivem as pessoas que estavam na festa. Lá, minha filha e eu éramos empregadas do bufê. O senhor entende, não é?

– Claro, dona Sueli, entendo perfeitamente. A senhora não é a primeira mãe que chega aqui com esse tipo de preocupação. Foi por isso mesmo que, primeiro, eu quis conversar com a senhora em particular, para lhe passar toda a segurança necessária, sem que a ansiedade de Bárbara pudesse nos interromper – disse Fernando.

– Nesse caso, eu peço que o senhor me explique direitinho essa história de Bárbara se tornar modelo. De jeito nenhum eu quero ser contra a vontade da minha filha, mas ela já está avisada de que só vamos adiante se isso não ocupar muito do meu tempo. Embora eu precise trabalhar para ganhar o nosso sustento, não abro mão de acompanhá-la nos lugares que ela tiver de ir – advertiu a mãe.

Fernando passou os minutos seguintes expondo a Sueli as providências necessárias para que Bárbara pudesse brilhar no mundo da moda. Ele falou sobre o curso preparatório, que deveria acontecer três vezes por semana, durante cerca de um mês, e seria fundamental para avaliar se a menina levava mesmo jeito para a carreira, embora não tivesse o costume de se enganar quando batia os olhos em modelos em potencial. Em seguida, a jovem passaria por uma sessão de fotos para fazer um *book*, o seu passaporte para conseguir bons trabalhos.

O agente explicou também que seu papel seria empresariar a carreira de Bárbara, assim como fazia com diversas outras meninas, e falou sobre o retorno financeiro que uma profissional desse ramo, mesmo iniciante, poderia ter. Por fim, Fernando deu a Sueli os telefones de duas mães de modelos cujas carreiras ele administrava e cujas histórias eram bem parecidas com a de sua filha, para que ela pudesse comprovar, caso achasse necessário, a seriedade com que ele conduzia seu trabalho.

Na recepção, Bárbara estava indócil. A mãe já havia entrado no escritório de Fernando fazia meia hora, e a menina não se continha de vontade de saber que rumo tomava a conversa entre os dois. A perspectiva de se tornar modelo exercia de fato um fascínio diferente sobre ela. Não era só a possibilidade de ganhar dinheiro e ajudar Sueli que estava em jogo. Aquela era também uma oportunidade de sair um pouco do lugar onde morava e conhecer a vida lá fora.

Não que Bárbara não gostasse do subúrbio. Pelo contrário, ela sempre fora muito feliz no bairro onde havia sido criada. Foi lá que ela fez amigos, era lá que ela estudava e se divertia. Mas a menina estava sempre disposta a conhecer novas pessoas e lugares. Daí vinha também a atração pela proposta de Fernando, que motivou o uso do batom e as várias olhadas no espelho, acabando por confirmar as suspeitas de Sueli. Tudo precisava estar perfeito. Para Bárbara, aquela chance era uma espécie de "agora ou nunca", e não poderia ser desperdiçada em hipótese alguma.

– Isso tudo que o senhor me falou parece mais a história da Cinderela, seu Fernando – prosseguiu Sueli, depois que ele lhe apresentou as condições para a preparação de Bárbara. – Como vou pagar esse curso e as fotos da minha filha? Só se aparecesse uma fada madrinha. Sem contar o tempo que eu precisaria arrumar para levá-la às aulas.

– Dona Sueli, como eu acredito muito que Bárbara pode vir a ter uma carreira de sucesso, podemos fazer da seguinte forma: eu financio o curso e as fotos e vocês me retornam esse investimento depois que ela começar a fazer os primeiros trabalhos. Agora, sobre o tempo disponível para acompanhar a menina, isso só a senhora pode decidir – sugeriu Fernando.

– Tá certo, seu Fernando. Se o senhor está propondo isso é porque acredita mesmo que minha filha tem chance. Por um lado, é até bom ela ter uma atividade durante as férias. Eu é que vou ter de me desdobrar, mas acabo dando um jeito – concordou Sueli.

Fernando e Sueli levantaram-se e dirigiram-se para a porta. Na recepção, Bárbara deu um pulo da cadeira, sem esconder a curiosidade em saber o resultado da conversa. O agente a cumprimentou e, por alguns instantes, ficou admirando a beleza da menina.

– Bárbara, tenho certeza que você terá uma carreira de sucesso – previu o empresário.

– Então isso quer dizer que você concordou, mãe? – perguntou a menina, cheia de expectativa.

– É, o seu Fernando me falou sobre os planos para você. Vamos ver no que vai dar isso – respondeu Sueli, sem dar o braço a torcer.

– Tá falando sério, mãe? Nossa, eu nem acredito! – Bárbara vibrou. – E a Rebeca? Queria que a minha mãe a conhecesse.

– A Rebeca foi acompanhar a produção de umas fotos. Eu digo que você perguntou por ela. Agora minha secretária vai passar todas as coordenadas sobre o curso que você precisa fazer. Foi um prazer, dona Sueli – despediu-se Fernando, que apertou a mão de cada uma e encaminhou-se de volta para o escritório.

Bárbara não aguentou esperar nem dez segundos depois que ela e Sueli fecharam a porta da sala, a caminho do elevador.

– Conta tudo, mãe – pediu Bárbara, sem conter a euforia. – Anda, mãe, conta logo!

E esse foi o assunto entre mãe e filha durante todo o percurso de volta para casa. Bárbara chegou a pedir a Sueli que contasse duas ou três vezes a mesma parte da conversa que tivera com Fernando, de tão entusiasmada que estava.

No fim da tarde, Bárbara chamou alguns vizinhos para uma nova sessão de videoquê. Anderson e Natália estavam entre eles, claro. Várias músicas depois, Sueli fez pipoca para a moçada, que foi comer na cozinha para não fazer mais bagunça na sala. A menina aproveitou para contar a novidade. Embora com o cuidado de não deixar transparecer, Anderson e Natália tiveram dificuldade de assimilar a notícia, cada um por seu motivo.

– Nossa, Bárbara, que legal! Vou torcer para dar tudo certo, você merece – disse Anderson. O rapaz desejava de coração que ela tivesse sucesso na nova empreitada, mas foi tomado, ao mesmo tempo, por um sentimento de incerteza, já antevendo o afastamento da amiga por conta de seus novos compromissos.

Anderson gostava de Bárbara. Fazia tempo que ele não parava de pensar na possibilidade de se declarar para ela, mas tinha medo de precipitar as coisas e acabar estragando tudo.

– Que máximo, Bárbara! Quer dizer então que vamos ter uma amiga famosa? Cuidado para não ficar metida, hein? – reagiu Natália, num misto de felicidade pela distância que seria imposta entre a menina e Anderson, o que lhe deixaria o caminho livre, e vontade de estar no lugar dela.

Natália estava cada vez mais apaixonada por Anderson, embora percebesse o encantamento do rapaz por Bárbara. Natália não era bonita; o que lhe dava uma aparência melhor eram as roupas que usava. Sua mãe costurava para fora e, sempre que podia, fazia uma peça ou outra para a filha, todas dentro da moda. Esse, no entanto, era o maior gesto de dedicação que ela recebia da mãe, que vivia em pé de guerra com o marido bêbado que não queria saber de trabalhar. No ano anterior, as brigas dentro de casa foram tão constantes que acabaram prejudicando a menina na escola.

– Calma, gente. Tem muita coisa pela frente ainda. Semana que vem começa o curso. Só daqui a um mês, mais ou menos, é que eu vou começar a trabalhar. E não tem essa de ficar metida, Natália. Parece até que você não me conhece – suspeitou Bárbara, sem perceber que aquela observação da amiga havia sido uma alfinetada para deixar Anderson com a pulga atrás da orelha.

Natália limitou-se a dar um sorriso sem graça. "Que saco! Além de bonita e boa aluna, ela rouba toda a atenção do Anderson. E ainda por cima vai ficar famosa! Era só o que faltava", pensou.

Anderson era um rapaz charmoso, alto, tinha porte. As partidas de basquete lhe garantiam o corpo atlético. Juntando isso ao fato de ser muito legal, brincalhão, inteligente, espirituoso, estava explicado o sucesso que ele fazia entre as meninas.

Na sala, Sueli aproveitou o momento de calmaria para ligar para uma das mães que Fernando lhe indicara como referência. Ela havia saído do escritório convencida de que o empresário era do bem, mas não custava nada checar, por precaução. Passou um bom tempo conversando com a mulher, que contou toda a história da carreira da filha e teceu os maiores elogios ao profissionalismo do agente.

Capítulo 6

No primeiro dia de curso, Bárbara foi apresentada às outras meninas da turma, e todas ficaram sabendo o que aprenderiam nas aulas: etiqueta, maquiagem, postura, expressão corporal, como andar na passarela e técnicas em estúdio fotográfico. As duas primeiras partes do programa eram mais rápidas; o restante seria aplicado de forma intensiva. Na antessala, Sueli era a única mãe que esperava até a aula acabar. Algumas outras deixavam as filhas e passavam mais tarde para buscá-las. E havia ainda as meninas que iam sozinhas para o curso.

No final da primeira semana, Bárbara já sabia se maquiar e como se portar em jantares, festas e outros eventos. Os primeiros passos na passarela e as instruções iniciais de como proceder no estúdio fotográfico também já haviam sido ensinados. A cada aula, seu progresso e seu desempenho comprovavam as suspeitas de Fernando. A menina tinha tudo para brilhar nos desfiles e nas fotos de moda.

Em compensação, a rotina era puxada. Três vezes por semana, Bárbara e Sueli ficavam em função do curso. As noites e os dias de folga eram dedicados à cozinha, onde a menina cumpria o trato de ajudar a mãe no preparo das encomendas. Ela não tinha mais tempo para encontrar os amigos e, por vezes, lhe vinha a sensação de que não estava de férias. Isso fez com que o primeiro final de semana depois do início do curso fosse bastante aguardado.

No sábado, Bárbara se reuniu com a turma na praça, onde contou todas as novidades sobre as aulas. Anderson era o mais interessado nas histórias da menina. Na verdade, ele queria saber se também havia garotos no curso, com receio de que algum deles pudesse atrair a atenção dela. As meninas se empolgaram e pediram à amiga que fizesse algumas demonstrações. O dia terminou com um desfile improvisado, do qual todos participaram, inclusive os meninos, e se divertiram bastante. A única ausente era Natália, que fora com a mãe visitar a avó em Arraial do Cabo.

No dia seguinte, o videoquê da futura modelo entrou em ação. Os amigos resolveram fazer um concurso de música, como se fosse um *show* de calouros, com júri e tudo. Até Sueli entrou na brincadeira. No início da noite, Natália, que acabara de chegar de viagem, apareceu na casa de Bárbara para fazer um convite a todos.

– Gente, acabei de vir da casa da minha avó e ela falou para eu ir passar uma semana inteirinha lá em Arraial do Cabo. Disse também que posso levar quantos amigos eu quiser. Que tal?

A adesão foi imediata. Claro que, antes, todos pediriam permissão aos pais, mas desde já haviam aprovado a ideia. Em fração de segundos, o videoquê perdeu a graça, e a moçada começou a combinar os detalhes da viagem. A casa da avó de Natália era modesta, ficava numa vila de pescadores. Quem fosse precisaria levar colchonete, roupa de cama e toalha, como se alguém ligasse para isso e também não morasse em casas simples. O que importava era passar uma semana num lugar diferente, tomando banho de mar todos os dias e se divertindo como nunca.

– Meu Deus, isso vai ser bom demais. Santa avó da Natália! – comemorou Anderson.

– Pode crer. Vou agora mesmo em casa falar com a minha mãe e já volto – disse um dos meninos.

Bárbara ficou dividida. Embora gostasse do curso de modelos, sentiu uma vontade quase irresistível de viajar com a turma. Morando no subúrbio, não era sempre que eles tinham oportunidade de ir à praia, muito menos passar uma semana inteira num lugar pertinho do mar. Sem contar a farra que seria essa viagem.

– Poxa, Natália, eu adoraria ir, mas não vou poder por causa do curso. Não dá para faltar três aulas seguidas – justificou-se a menina, sem conseguir disfarçar a decepção de não poder juntar-se aos amigos na viagem.

O que Bárbara acabara de dizer caiu como um balde de água fria em Anderson.

– Tem certeza, Bárbara? Será que você não consegue repor as aulas depois? – sugeriu o rapaz, que já se mostrara entusiasmado com a viagem e não podia acreditar que passaria uma semana inteira sem a presença da amiga. "Voltar atrás e desistir de viajar a essa altura seria dar muito mole", pensou ele.

– Não dá, Anderson. Eu me comprometi com o seu Fernando, ele quer que eu aprenda tudo rápido para poder começar a trabalhar logo – disse a menina, tentando conformar-se.

– Não liga não, Bárbara. Minha avó mora lá, a gente vai poder ir mais vezes. De repente, dá para combinar de novo ainda nessas férias, um pouco antes de as aulas começarem – consolou Natália, que, por dentro, festejava a ideia de a amiga não poder aceitar o convite.

– Combinado. Na próxima vez eu vou, com certeza – prometeu Bárbara, cabisbaixa.

Para a menina, o domingo acabou ali. O pessoal foi embora excitado com a ideia da viagem, marcada para a próxima quarta-feira. Bárbara entrou para dar um jeito na bagunça e se preparar para dormir. Como durante a semana ela não tinha mais tempo de encontrar os amigos, só os veria de novo quinze dias depois. A garota sentiria falta deles, mais ainda no final de semana seguinte.

A segunda semana de curso começou em ritmo frenético. A coordenadora reuniu as alunas para dizer que, em breve, um produtor de moda iria até lá selecionar duas meninas para fazerem as fotos de um catálogo de roupas para jovens. A notícia funcionou como um estímulo para Bárbara, que ainda estava chateada por não poder viajar com os amigos.

As meninas que faziam o curso junto com Bárbara eram bem diferentes dela. Quase todas moravam na zona sul, usavam roupas e acessórios de grife, tinham carro com motorista à disposição, estudavam em colégios caros, frequentavam lugares descolados e só pensavam em consumir. Talvez por isso tenha sido difícil fazer amizade naquele ambiente. Além de viverem num mundo tão diferente do seu, Bárbara tinha a sensação de que era motivo de risinhos e cochichos quando passava. A menina não entendia direito a razão. Seria porque Sueli era a única mãe que ficava esperando na antessala? E que mal havia nisso? O fato é que algumas das meninas eram até bonitas, mas nenhuma era tanto quanto Bárbara.

Um dia, num dos intervalos para o lanche, Sueli e Bárbara desceram para comprar um suco – o sanduíche elas levavam de casa.

Na lanchonete, Bárbara viu uma das meninas do curso comendo sozinha, rápido, como se estivesse com muita pressa. Pouco tempo depois, a menina levantou-se, pagou e atravessou a rua correndo em direção ao prédio. Mãe e filha terminaram de comer, pagaram os sucos e voltaram para a aula, que recomeçaria em dez minutos. Bárbara foi ao banheiro e, ao entrar, escutou o barulho de alguém vomitando dentro de uma das cabines.

– Ei, quer ajuda? – Bárbara bateu na porta.

– Não, está tudo bem. Obrigada – respondeu a moça.

Bárbara usou o outro banheiro e, quando já estava do lado de fora lavando as mãos, a menina que passava mal deu descarga e abriu a porta da cabine.

– Acho que comi alguma coisa que me fez mal – justificou, meio sem graça.

– Se precisar de alguma coisa... – ofereceu Bárbara.

Andrea era alta, loira, de olhos verdes, tinha dezesseis anos e era filha de uma ex-modelo famosa, que fizera muito sucesso na sua época e, hoje, mantinha-se em evidência graças às colunas sociais. Era a mãe de Andrea, aliás, quem mais a incentivava a seguir a carreira.

A partir daquele incidente no banheiro, Bárbara e Andrea foram se aproximando cada vez mais, apesar dos estilos de vida tão diferentes. Na aula seguinte, na hora do lanche, elas desceram juntas e passaram o tempo todo conversando, enquanto Sueli prendia-se à leitura de um romance, o segundo desde que a filha começara o curso.

– Você melhorou? – quis saber Bárbara.

– Melhorei, sim. Naquele dia, eu fiquei um bom tempo com o estômago vazio e, depois, comi um sanduíche muito rápido. Acho que foi por isso que passei mal – respondeu Andrea.

– Sua mãe deve ter ficado bem feliz quando você decidiu ser modelo – deduziu Bárbara, mudando de assunto.

– É verdade. Desde que eu era pequena, minha mãe dizia que eu tinha de ser modelo. Ela sempre me falou que eu carrego um nome importante no mundo da moda e que tenho o dever de manter esse nome aceso nas passarelas e capas de revista. Mas eu entrei nessa porque quis. Mesmo que não fosse filha de ex-modelo, eu ia querer seguir essa carreira – esclareceu Andrea.

– Comigo é diferente. Meu sonho, mesmo, é ser jornalista, só que acabei conhecendo um cara numa festa...

Bárbara, extrovertida e comunicativa que só ela, contou a Andrea como tinha sido descoberta por Fernando, falou do duro que a mãe dava para mantê-la, da incerteza quanto a cursar uma universidade sem se preocupar com grana, de sua rotina no subúrbio, da viagem dos amigos. A outra escutou tudo com atenção, atraída por aquela história tão distante da sua realidade. "Se a minha vida fosse assim, eu teria vergonha de contar aos outros", pensou, admirando a postura da colega em relação à sua condição. Tudo indicava que, se tivessem vidas parecidas, elas não se tornariam tão amigas.

No final daquela semana, a equipe da agência selecionou as duas meninas para o catálogo de moda. Fernando cuidou do contrato de Bárbara e, de quebra, agenciou Andrea também. A sessão de fotos foi marcada para o sábado, deixando a filha de Sueli sem muito tempo para sentir falta dos amigos, que, àquela altura, esbaldavam-se nas águas de Arraial do Cabo.

Capítulo 7

A primeira experiência de Bárbara e Andrea, para valer, foi exaustiva, porém gratificante. O cansaço, na verdade, elas só foram sentir à noite, depois da missão cumprida. A euforia tomou conta das duas desde a hora em que puseram os pés no estúdio, bem cedinho, para provar as roupas. Bárbara estava acompanhada por Sueli, e Andrea foi levada pelo motorista, que voltaria mais tarde para pegá-la.

Roupas provadas e aprovadas, Bárbara e Andrea levaram cerca de duas horas sendo maquiadas e penteadas. Tudo era motivo de agitação, até os rolinhos nos cabelos, dos quais as meninas riam sem parar. Do canto da sala de maquiagem, Sueli observava a felicidade da filha, porém sua cabeça permanecia cheia de dúvidas. Ela não estava convencida de que havia tomado a decisão certa ao permitir que Bárbara insistisse nessa história de ser modelo. Pelo menos, não ainda.

O desempenho de Bárbara e Andrea diante de tantos *flashes* comprovou que as meninas levavam jeito para a coisa. Um pouco travadas no início, o que era natural para quem estava começando, aos poucos elas foram se soltando, em resposta ao clima descontraído promovido pelo fotógrafo e pelo restante da equipe. Em menos de uma hora, as duas amigas pareciam estar no recreio da escola.

A pausa para o almoço veio em seguida. O produtor de moda já havia providenciado um lanche reforçado, e a sala de maquiagem transformou-se em refeitório. Para espanto de todos, Andrea recusou-se a comer.

– Não posso. Minha barriga vai inchar. Basta eu beber um gole de água que isso já acontece – justificou.

– Está louca, menina? Ainda temos uma tarde de trabalho pela frente. Saco vazio não para em pé – repreendeu o produtor.

– Nossa, Andrea. Não sei como você consegue. Eu já estava azul de fome – endossou Bárbara, dando a primeira mordida em seu sanduíche.

– Não se preocupem, eu tomei um bom café da manhã. De verdade. Enquanto vocês almoçam, vou aproveitar e ligar para a minha mãe. Aliás, quase que eu esqueço. Ela mandou um beijo para você – disse para o fotógrafo, saindo em seguida com o celular nas mãos.

Ninguém mais insistiu. O tempo corria, ainda seria preciso trocar as roupas e retocar a maquiagem e o cabelo antes da próxima bateria de fotos. Não daria mais para esperar Andrea almoçar, mesmo que agora ela mudasse de ideia.

Todos terminaram de comer e se prepararam para voltar ao trabalho, que rendeu tão bem quanto na parte da manhã. No final do dia, a recompensa veio em palavras.

– Vocês duas se saíram muito bem, têm um belo futuro pela frente – elogiou o produtor.

No dia seguinte, Bárbara ficou em casa descansando e ajudando Sueli a preparar uma encomenda. Fernando já havia revelado a elas quanto seria o cachê, no mesmo dia em que fecharam o contrato para que a menina posasse para o catálogo. A modelo demorou a acreditar que o valor era quase o mesmo que sua mãe ganhava com os salgados durante um mês inteiro. "E isso é só o começo", pensou.

– Mãe, quando receber o pagamento do meu trabalho de ontem, você tira uma parte para ajudar nas despesas e guarda o resto, para irmos juntando – sugeriu Bárbara.

– Não precisa, minha filha. Por enquanto, o que estou ganhando é suficiente. É melhor você ir juntando o dinheiro todo. Eu te falo se um dia eu precisar – avisou Sueli.

– Nada disso, você vai tirar uma parte, sim. Pensa que eu não ouvi você recusando uma encomenda outro dia, por falta de tempo? E está sem tempo porque tem de ir comigo nos lugares. Além do mais, desde o início, eu disse que queria me tornar modelo para melhorarmos de vida e também para garantir a minha faculdade. Então, nem vem com esse papo de não querer aceitar o dinheiro – insistiu a garota.

– Ô, minha filha, vem cá, me dá um abraço. Você é uma menina de ouro. Tomara que isso tudo valha a pena – suspirou Sueli.

Bárbara estava feliz por ter passado aquele dia em casa, sossegada, junto com a mãe. Enquanto enrolavam salgadinhos, elas ouviram música, cantaram, conversaram, fizeram alguns planos para o futuro. Mas, quando chegou a hora em que a turma costumava se reunir na praça, a menina não se conteve.

– Como será que está o pessoal lá em Arraial do Cabo? Aposto que eles estão adorando – imaginou.

– Você queria ter ido também, não é, minha filha? – perguntou Sueli.

– Eu queria, confesso. Mas assim também está bom. Eu seria

louca se tivesse deixado essa chance passar. E daqui a mais alguns dias eles estarão de volta. Ainda vamos ter muito tempo para aproveitar antes do início das aulas – conformou-se Bárbara.

A semana seguinte foi a última do curso de modelo. No primeiro dia de aula depois da sessão de fotos, algumas meninas aproximaram-se de Bárbara e Andrea, querendo saber como tinham se saído no estúdio. As duas foram simpáticas e contaram todos os detalhes às outras.

– Estou doida para ver o catálogo pronto. Será que minha mãe vai gostar? – especulou Andrea, no lanche.

– Claro que vai. Você não lembra que o produtor elogiou a gente no final? Sinal de que fizemos tudo certo – concluiu Bárbara.

– Você diz isso porque não conhece a minha mãe. Ela põe defeito em tudo – desabafou Andrea, de cabeça baixa.

– Por falar nisso, eu pensei que ela fosse ao estúdio ver as nossas fotos – disse Bárbara.

– Ih, sem chance. Minha mãe é muito ocupada. É academia, clínica de estética, almoço com as amigas.

– Mas até nos fins de semana?

– Aí mesmo é que ela também não para, às vezes nem consegue dar conta de todos os convites para sair. E... quer saber? Eu achei melhor ela não ter ido mesmo. Prefiro assim. Do jeito que a minha mãe é, não ia parar de dar palpites. Ela ia encher o saco de todo mundo, tenho certeza.

– Nem vem, Andrea. Aposto que é exagero seu. Se você soubesse o quanto eu penei para convencer a minha mãe a me deixar ser modelo, nunca mais falaria essas coisas da sua – repreendeu Bárbara.

No último dia de curso, as duas se despediram com uma promessa. Logo depois das festas de Natal e Ano-Novo, Andrea iria passar um fim de semana na casa da nova amiga, no subúrbio. E Bárbara seria convidada para a próxima festa na casa da outra.

– Minha mãe tem um monte de amigos jornalistas, desses que aparecem na televisão. Sempre que fazemos festa lá em casa, alguns deles vão. Da próxima vez, convido você e te apresento a todos eles – disse Andrea.

– Jura?! Vai ser o máximo! – vibrou a menina.

Bárbara voltou para casa cheia de expectativas, e Sueli, com a sensação de missão cumprida. A menina já havia feito as fotos para o seu *book*, que, segundo Fernando, ficaria pronto no início da semana seguinte. Agora restava a ela retomar sua rotina de férias até que o empresário conseguisse fechar alguns contratos de trabalho.

Naquele fim de semana, Bárbara finalmente reencontrou os amigos. Menos Anderson, que voltara da viagem gripado e ficou em casa, com febre. A conversa rolou solta, muitas vezes a garotada falava ao mesmo tempo. A turma contou todos os detalhes da viagem. Bárbara falou sobre as fotos para o catálogo e a última semana de curso. Na hora de se despedirem, Natália puxou Bárbara num canto.

– Preciso te contar uma coisa, adivinha o que é – anunciou a menina.

– Ah, Natália, para com isso. Você sabe o quanto eu sou curiosa, fala logo – reagiu Bárbara, prevendo que a fofoca seria das boas.

– Fiquei com o Anderson lá em Arraial – revelou Natália, com um sorriso de orelha a orelha.

– É mesmo, Natália? Caramba, você e o Anderson... Que legal! – disse Bárbara, esforçando-se para esconder o espanto que aquela notícia lhe causara.

Capítulo 8

O próximo trabalho não demorou a aparecer.

– Bárbara, tive uma reunião com um cliente esse fim de semana e consegui um contrato para você. Mas isso tem um lado bom e um ruim. Qual você quer saber primeiro? – perguntou Fernando, ao telefone.

– O ruim, é claro – respondeu a menina.

– Pois é, acontece que a produção está marcada para essa semana do Natal, porque o cliente tem muita pressa – anunciou o empresário.

– Ih, minha mãe vai chiar. Ela está cheia de encomendas para entregar no Natal e no Ano-Novo, não sei se vai ter tempo para me acompanhar – previu Bárbara. – E o lado bom, qual é?

– O lado bom é que vai ser uma campanha grande de um refrigerante, com direito a *outdoor*, anúncio na televisão e tudo o mais. E dessa vez o seu cachê será cinco vezes maior que o anterior – contou o agente.

– Isso é maravilhoso, Fernando. Se é assim, minha mãe pode até recusar algumas encomendas. Pena que ela não está em casa agora, mas acho que não vai ter problema, a gente dá um jeito – concluiu a menina.

– Tá certo, vou assinar o contrato, então. E fala para a sua mãe me ligar assim que ela voltar, pois precisamos combinar os detalhes. As provas de cabelo e maquiagem já começam amanhã – avisou Fernando.

O trabalho era grande mesmo, seriam três dias de fotos e gravações. A produção deixou claro que, se fosse necessário, nem a véspera nem o dia de Natal seriam poupados. Sueli reclamou, pois, além de ter de dispensar algumas encomendas, mal teria tempo de preparar a ceia para ela e para a filha. Mas o entusiasmo de Bárbara, tanto em relação ao cachê quanto ao fato de aparecer em *outdoors* e na televisão, fez a mãe tirar uma nova conclusão sobre aquela história toda.

– Sabe que, no fundo, eu acho que esse negócio de ser modelo mexeu com a sua vaidade, Bárbara? Tenho reparado que você se olha mais no espelho, agora anda mais arrumadinha – disse Sueli.

– Que nada, mãe. A única coisa que me interessa é ganhar dinheiro para garantir o nosso futuro. Se não fosse por isso, eu não estaria nem aí para essa história – desconversou a menina. – Vou aproveitar que estou de bobeira hoje e vou visitar o Anderson, que está de cama, com febre.

– Ah, como eu não pensei nisso antes... É claro, então é o Anderson que está te fazendo passar mais tempo em frente ao espelho – disse Sueli em tom de brincadeira, doida para ver a reação da filha.

– Mãe, por favor, não viaja – retrucou Bárbara, impaciente, saindo em direção ao portão.

Bárbara chegou à casa do amigo no meio da tarde, cheia de novidades para contar. Mas o motivo que a levara lá, na verdade, foi outro. Ainda no caminho, a menina bolou uma estratégia: não diria ao rapaz que já sabia do rolo entre ele e Natália; ela preferiu esperar que o próprio Anderson lhe contasse. Depois de conversarem bastante sobre suas últimas semanas, sem que ele desse sinais de que tocaria no assunto, Bárbara não se conteve.

– Você não tem mais nada para contar?

– Não, o que mais eu teria? – quis saber o rapaz.

– Não sei, qualquer coisa. Lembra aí, vai.

– Eu tenho uma coisa para te falar, sim – disse Anderson, que, desde o dia em que quase beijou Bárbara, ensaiava as palavras para se declarar à menina, mas na primeira oportunidade lhe faltou coragem. – Eu senti muito a sua falta em Arraial do Cabo. Tenho certeza de que teria sido muito melhor se você estivesse lá com a gente.

"Que safado!", pensou Bárbara. "Ficou com a Natália na viagem e nem me contou. Age como se nada tivesse acontecido e ainda por cima vem com esse papo de que sentiu a minha falta." A menina desconversou e disse a Anderson que precisava ir embora, pois tinha compromisso no dia seguinte de manhã cedo.

O trabalho para a tal campanha do refrigerante foi muito cansativo. O primeiro dia até que deu para encarar numa boa. As fotos para o *outdoor* foram feitas em estúdio, com ar-condicionado. Mas a rotina de filmagens para o comercial, nos dois dias seguintes, foi dureza. Antes de amanhecer, o carro da produção já estava em frente à casa de Bárbara, para levá-la junto com a mãe para a praia da Barra da Tijuca. Era preciso aproveitar a luz favorável do início da manhã e do fim da tarde, por isso as duas só chegavam de volta em casa quando já era noite.

No meio do dia, as filmagens precisavam ser interrompidas, porque era muito difícil trabalhar debaixo de um sol de quarenta graus em pleno dezembro, no Rio de Janeiro. Não havia maquiagem que não derretesse e ânimos que não se alterassem diante daquele calor de matar. Mas no fim das contas tudo deu certo. O diretor de cena era paciente, tinha habilidade em conduzir modelos novatas, e Bárbara retribuiu rendendo bem diante de suas ordens. No último dia de trabalho, Fernando foi até a locação conferir o desempenho da menina.

– A Bárbara vai longe, dona Sueli. Depois que ela aparecer nessa campanha, vai ter uma fila de clientes querendo contratá-la para posar e desfilar, a senhora vai ver – previu o empresário.

– Eu quero ver como vai ser depois que as aulas começarem. A menina quase não encontra mais os amigos e não está aproveitando as férias em nada, coitada. Mas até aí eu não pude fazer muita coisa, a escolha foi dela. Eu só não vou permitir que essa história atrapalhe os estudos da minha filha, disso eu não abro mão – retrucou Sueli.

– Tudo na vida tem seu preço. Mas não vamos antecipar os problemas. Quando as aulas estiverem para começar, a gente conversa e decide como vai ser. Antes disso, eu pretendo levar a Bárbara para fotografar em Nova York, para uma grife de *jeans*. Já estou fazendo meus contatos – anunciou Fernando, atraindo o olhar espantado de Sueli, que nunca imaginou que a carreira da filha pudesse ganhar essa proporção.

Felizmente, o trabalho terminou no dia previsto e não foi preciso sacrificar o Natal, que já era no dia seguinte. Embora exausta, Sueli passou o dia 24 de dezembro preparando a ceia, que pela primeira vez seria incompleta não por falta de dinheiro, e sim por falta de tempo. À noite, mãe e filha rezaram antes de cear. Mesmo com todo o pé-atrás de Sueli e a nova rotina intensa de Bárbara, as duas só tinham motivos para agradecer.

– Ninguém faz rabanada igual a você, mãe. Está dos deuses! Ainda bem que eu não tenho tendência para engordar, já pensou? Hoje mesmo eu liguei para a Andrea, e ela disse que ia ter de passar longe das comidas de Natal porque engordou dois quilos – contou Bárbara.

– Como é que pode, minha filha, se aquela menina não come nada? – duvidou Sueli.

– Sei lá, mãe. Só sei que ela disse que está uma baleia – respondeu Bárbara, rindo e também arrancando um sorriso de Sueli.

Uma semana depois, na véspera do Ano-Novo, a imagem de Bárbara já estava estampada em vários *outdoors* da cidade e aparecia nos comerciais de televisão. Naquele período não houve trabalho, e a menina retomou o contato diário com os amigos, com quem ia para a praça ou para o *shopping* perto de casa.

Numa dessas saídas, Bárbara foi reconhecida por duas senhoras, que lhe perguntaram se ela não era a moça do anúncio de refrigerante. A menina abriu um sorriso e encheu o peito para responder: "Sim, sou eu mesma". Bem distante dali, na zona sul da cidade, uma mulher morena, alta, levou um susto ao ver a imagem de Bárbara num *outdoor*:

– Não é possível! – disse ela, estarrecida.

Capítulo 9

Na primeira semana de janeiro, Sueli recebeu uma visita inesperada.

– O que você veio fazer aqui? Some daqui agora mesmo – ordenou ela, furiosa, sem abrir o portão.

– Nós precisamos conversar – pediu a mulher.

– Não há a menor possibilidade. Desiste. Toma o seu rumo e vê se nunca mais me aparece aqui – frisou Sueli, virando-se e caminhando em direção à porta de casa.

Era Sandra, a irmã com quem cortara relações muitos anos antes. Sua presença foi um baque para a mãe de Bárbara, que precisou se esforçar bastante para segurar as emoções. Sueli sabia que não teria jeito, dali a instantes ela desabaria. Mas isso só poderia acontecer dentro de casa, depois que Sandra tivesse ido embora. Na frente da irmã, jamais.

– Eu vi a Bárbara no *outdoor*. E na tevê também – disse Sandra, elevando um pouco a voz, para que Sueli pudesse escutá-la da distância que já havia alcançado.

– E daí? – perguntou Sueli, voltando enfurecida em direção ao portão.

– E daí que precisamos conversar. É melhor você me deixar entrar – sugeriu Sandra, em tom de ameaça.

Sueli não poderia dar as costas novamente, deixando as palavras de Sandra no ar. Ela precisava saber aonde a irmã queria chegar com aquela conversa. Não lhe restou outra escolha a não ser abrir o portão. "Por sorte, Bárbara não está em casa", pensou. À noite haveria uma festa na casa de Andrea, que convidara a amiga para dormir lá.

– A Bárbara está linda. Você soube criar muito bem essa menina – disse Sandra, já na sala da casa da irmã.

– Beleza não é tudo. Você já deveria ter aprendido isso – alfinetou Sueli.

– Você não vai me perdoar nunca, não é?

– O que você fez comigo foi muito cruel, Sandra. Você me traiu, e isso não é coisa que uma irmã com um pingo de decência faça à outra. Você me levou ao fundo do poço, me fez parar de sonhar, perder as esperanças. Se eu não tivesse a minha filha para me dedicar, para me devolver a alegria de viver, nem sei o que seria de mim. Será que é tão difícil você entender que o que fez não tem perdão?

– Mas eu me arrependi, me arrependo todos os dias. Eu disse isso naquela carta que você nunca me respondeu. Tenho certeza de que você cria a Bárbara com muito amor, Sueli. Não é possível que o seu coração ainda seja tão duro assim – rebateu Sandra.

– Quem é você para falar do amor de uma mãe pela filha? Você não sabe o que é isso, Sandra. Não misture as estações, uma coisa não tem nada a ver com a outra. Um filho, a gente perdoa em qualquer circunstância. Uma pessoa impulsiva que está pouco se lixando para as consequências que seus atos podem trazer para quem a ama não merece perdão, mesmo sendo irmã. Na hora de fazer a besteira que fez, você não lembrou que eu era sua irmã, não é mesmo? – rebateu Sueli.

– Você acabou de dizer tudo. Eu era impulsiva, inconsequente, imatura. Será que não percebe que foi isso que me fez errar? – defendeu-se Sandra.

– Olha, eu reconheço que você não foi a única culpada da história. E só. No mais, vou te falar uma coisa, para encerrarmos logo esse assunto e você ir embora. Você agiu muito errado comigo, portanto agora é obrigada a respeitar a minha decisão de não te perdoar. Por favor, Sandra, entenda isso de uma vez por todas – desabafou Sueli.

– Não, não dá para entender alguém que não consegue perdoar uma pessoa que há anos assume o seu erro – rebateu a irmã.

– Sabe o que acontece? Você tem o seu ponto de vista sobre as causas e as consequências dessa história, e eu tenho o meu. Você nunca vai abrir mão do seu, e muito menos eu do meu. Nós sempre vamos viver assim, nesse impasse eterno. Por isso, vamos deixar as coisas como elas sempre foram. Eu continuo tocando a minha vidinha aqui com a minha filha, e você toca a sua, de preferência bem longe daqui – sugeriu Sueli.

– Não é justo, minha irmã. Você tem a Bárbara, eu não tenho ninguém. Sinto muita falta de ter uma família. Imagina como teria sido boa a nossa convivência. Tenho certeza de que o tempo se encarregaria de apagar as mágoas – disse Sandra, em tom de tristeza.

– Mais uma vez, eu te digo que foi você quem escolheu assim. Está vendo como nunca sairemos desse impasse? – argumentou Sueli, irredutível.

– Bom, eu nunca vou desistir de uma reaproximação com vocês – reafirmou Sandra, mudando de assunto, depois que se convenceu de que a irmã não cederia, pelo menos por enquanto. – E essa história da Bárbara no *outdoor* e na televisão?

– Não tem história nenhuma. Ela tirou umas fotos e gravou um comercial, foi só isso – respondeu Sueli, de forma seca.

– Ela pode se dar muito bem como modelo, não acha? – perguntou Sandra.

– Acho que não, o sonho dela é ser jornalista. Bárbara só vai continuar fazendo esses trabalhos enquanto eles não atrapalharem seu rendimento escolar – esclareceu Sueli.

– Que é isso, Sueli? Bárbara é lindíssima, tanto quanto ou mais bonita que essas meninas que fazem sucesso e ganham rios de dinheiro cada vez que pisam na passarela – disse Sandra, escandalizada com a postura da irmã em não incentivar a carreira da menina. – Ela tem de agarrar essa oportunidade com unhas e dentes. Não tem nem o que discutir. Depois ela retoma os estudos, se for o caso.

– Mas era só o que me faltava. Você vir aqui me dizer como eu devo proceder com a minha filha – ironizou Sueli.

– Mãe que é mãe sempre quer o melhor para os filhos, não fica criando objeções – disse Sandra.

– Essa conversa já foi longe demais, Sandra. Acho que está na hora de você ir – cortou Sueli.

Nesse exato instante, o telefone tocou.

– Sim, sou eu mesma. Como vai? – atendeu Sueli, com a voz alterada. – É, estou um pouco ocupada, mas pode falar.

Era Fernando do outro lado da linha.

– Assim, de repente? – Sueli espantou-se com a informação que o empresário acabara de lhe passar. – Só um instante, por favor.

Em seguida, tapou o telefone e dirigiu-se a Sandra:

– O que você está esperando? Some daqui!

A irmã reagiu como se não fosse com ela e permaneceu sentada no sofá.

– Pode falar – disse Sueli, de volta ao telefone, lançando um olhar furioso para Sandra.

A cada informação que o agente lhe dava, a mãe de Bárbara reagia com mais espanto.

– Mas como, seu Fernando?... Não posso passar tantos dias fora, me comprometi com alguns fregueses... Imagina, eu morro de medo de avião... E, ainda por cima, não sei falar uma palavra em inglês – justificou ela, sem se dar conta de que Sandra estava de antena ligada em sua conversa. – Ai, meu Deus, mais essa agora... Olha, eu vou pensar e telefono para o senhor amanhã, pode ser?

Sueli colocou o fone no gancho e, ainda sob o impacto da conversa com Fernando, virou-se para a irmã.

– Sandra, eu preciso resolver umas coisas e você está me atrapalhando – disse, já sem paciência.

– A Bárbara foi chamada para trabalhar fora do país? Meu Deus, isso é um sonho! – falou Sandra, deslumbrada.

– Sandra, pelo amor de Deus, vai embora e deixa a gente em paz – Sueli estava cada vez mais irritada.

– Deixa eu ir com a Bárbara nessa viagem – pediu a irmã.

– Ha, ha, ha. Que piada! – respondeu Sueli.

– Qual é o problema, Sueli? Eu sei falar um pouco de inglês, dá para me virar. E também já viajei de avião – insistiu Sandra.

– De jeito nenhum. Eu não quero, ou melhor, eu te proíbo de ter qualquer contato com a minha filha. Você é uma péssima influência, Sandra. Se toca. Eu nunca permitiria que você viajasse sozinha com a Bárbara. E também não estou entendendo esse seu interesse repentino na menina.

– Poxa, Sueli, dá uma chance para eu me aproximar. Várias vezes eu fiquei de longe vendo a Bárbara sair da escola, brincar com os amigos na praça – revelou Sandra. – Eu poderia muito bem ter ido falar com ela, mas sempre tive a dignidade de respeitar a sua vontade.

– Seria muita cara de pau você falar com a Bárbara sem o meu consentimento – disse Sueli.

– Tá vendo só? E eu também posso deixar o meu emprego para cuidar da carreira da Bárbara daqui para a frente.

– Eu faço ideia do tipo de emprego que você tem, a ponto de poder largá-lo a qualquer momento...

– Realmente não é um emprego muito bom. Tanto que estou disposta a deixá-lo, para que a carreira da Bárbara seja administrada em família – Sandra não desistia.

– Você já passou dos limites, Sandra. Vai embora daqui agora! – gritou Sueli, pegando a irmã pelo braço e puxando-a em direção à porta.

– Vou te pedir pela última vez, Sueli. Pensa bem, vai – disse Sandra, com a voz melosa.

– Fica na sua, Sandra. É muita audácia querer estabelecer as regras dentro da minha casa. Você está conseguindo me deixar ainda mais irritada. Some da minha frente, anda! – indignada, a mãe de Bárbara estava pronta para bater a porta na cara da irmã.

– Ah, é assim? Então você não me dá outra escolha, Sueli. Eu quero ver até onde vai todo esse seu rancor. Ou você concorda, ou eu conto toda a verdade a Bárbara – ameaçou Sandra.

– Você não pode fazer isso, sua mau-caráter. Você não tem esse direito! – naquele momento, Sueli teve vontade de avançar na irmã.

– Como, não? Se nós podemos ficar juntas e bem de vida, por que continuaria cada uma para um lado, nessa dureza sem-fim? Não faz o menor sentido. A não ser que você queira continuar pobre e sem o amor da sua filha. A decisão é sua. Você tem até amanhã para resolver o que prefere. Eu te procuro, pode esperar – disse Sandra, antes de dar as costas e finalmente ir embora.

Sueli perdeu o chão. Sua pressão começou a oscilar. Ela correu até a cozinha para tomar logo o remédio. "Não posso nem me dar o luxo de passar mal", pensou. "Então era isso. Desde a hora em que chegou aqui, ela já tinha a intenção de me chantagear. Alguma coisa sempre me disse que essa história da Bárbara ser modelo não ia acabar bem. Por que eu não segui meu instinto e proibi isso desde o início?" De volta à sala, a mulher sentou no sofá e desatou a chorar, soluçando, como se fosse uma criança. Mais uma vez, o destino lhe pusera diante de uma decisão difícil. Talvez a mais difícil de toda a sua vida.

Capítulo 10

A estada na casa de Andrea foi um barato. A amiga mandou o motorista da família buscar Bárbara ainda de manhã, para poderem aproveitar o dia de sol na piscina. Desde o fim do curso que elas não se encontravam, apenas se falaram por telefone na véspera de Natal. Assunto foi o que não faltou entre as duas.

– Não sei onde você está gorda, Andrea. Eu tinha certeza de que era exagero seu – observou Bárbara.

– E a filmagem do comercial? Foi legal? Me conta tudo, Bárbara. Quero ficar por dentro do que rola num trabalho desses para quando me chamarem para gravar um comercial também – pediu Andrea.

– Aquele catálogo que fizemos juntas ficou dez, né? Minha mãe ficou toda boba, saiu mostrando para a vizinhança inteira – contou Bárbara.

Mas outro assunto rendeu bem mais:

– Quer dizer então que o Anderson ficou com aquela lambisgoia na viagem e nem te contou nada? Olha, você me desculpa, eu nem conheço a tal da Natália, mas, pelo que você contou, eu já não gosto dela. Aposto que ela se atirou em cima do rapaz – deduziu Andrea.

– Não sei não, Andrea. Para ele não ter me contado nada, é porque a iniciativa partiu dele, você não acha? – Bárbara quis saber a opinião da amiga.

– Eu acho que ele deve ter se arrependido horrores, por isso não te contou. Os dois estão namorando? Ou, pelo menos, já ficaram de novo depois que voltaram para o Rio? – perguntou Andrea.

– Não que eu saiba. Ele voltou muito gripado e ficou um tempo de cama. Depois teve o Natal e o Ano-Novo, acho que eles quase não se viram nesse período. Pelo menos, sempre que eu encontrava um, o outro não estava – lembrou Bárbara.

– Tá vendo só? Ele está arrependido, sim. E ainda teve aquela história de ele ter dito que sentiu a sua falta na viagem. Tá na cara que ele é apaixonado por você, Bárbara – concluiu a amiga.

– Eu tenho minhas dúvidas. A gente cresceu junto, somos amigos há muito tempo. Tá certo que, de vez em quando, eu percebia que ele ficava olhando para mim, do nada. Lembra que eu te contei que uma vez a gente quase se beijou no portão lá de casa? Isso também me fez pensar que ele gostava de mim. Mas foi antes da viagem, agora eu já não sei de mais nada. O problema nem foi ele ter ficado com a Natália. Fiquei mais chateada por ele não ter me contado. Achei uma baita traição – desabafou Bárbara.

– Você gosta dele, não é, amiga? – Andrea falou.

– Não sei, acho que sim. O mais estranho é que eu só comecei a pensar nisso depois que a Natália me contou que ficou com ele – assumiu Bárbara.

– Isso se chama ciúme, minha filha – disse Lara, a mãe de

Andrea, que também pegava sol na piscina e prestava atenção na conversa das duas.

Andrea ficou muito sem graça com a intervenção, sobretudo porque detestava a mania da mãe de chamar suas amigas de "minha filha", como se nunca tivesse sido apresentada e não soubesse o nome delas. Mas Bárbara não se incomodou e devolveu o comentário de Lara com um sorriso.

E assim o dia foi passando, com as duas meninas batendo papo na beira da piscina. Já tinha caído a tarde quando Lara, que havia entrado para começar a se produzir para a festa, voltou para dar a boa notícia.

– Andrea, adivinha... O Fernando acabou de ligar para dizer que iremos para Nova York semana que vem – anunciou, antes de dirigir-se apenas a Bárbara. – Ele disse que já ligou para a sua mãe também, minha filha.

– Espera aí. Como assim, *iremos*? Você também vai? – perguntou Andrea, sem saber se comemorava o novo contrato ou lamentava ter de viajar na companhia da mãe.

– Claro que vou. Afinal, você ainda não tem idade para viajar sozinha, não é, minha criança? A mãe da sua amiga também vai ter de ir – justificou Lara, antes de se entregar e revelar o motivo de tanta euforia. – E também porque eu não perderia cinco dias em Nova York por nada nessa vida. Com tudo pago, o que é melhor. Assim sobra um pouco mais para eu gastar.

Depois que Lara saiu, Andrea não se conteve:

– Minha mãe só pensa em compras e badalação. Ela é *disgusting*! – disse.

– É o quê? – perguntou Bárbara, que não entendeu o comentário da amiga.

– *Disgusting*, em inglês, quer dizer repulsivo, repugnante – traduziu a menina.

– Não fala desse jeito da sua mãe, Andrea. Ela é uma figura, isso sim. Pelo menos, o seu xingamento serviu para eu saber que você se vira bem no inglês e vai poder me salvar dos apertos lá em Nova York – concluiu Bárbara, ganhando a adesão da amiga na gargalhada que soltou em seguida e sem se dar conta de que ela, que nunca havia entrado num avião antes, faria a sua primeira viagem logo para o exterior.

A ficha só foi cair à noite, na hora do banho, pouco antes de a festa começar. Bárbara saiu correndo do chuveiro e pediu a Andrea para usar o telefone.

– Mãe, o Fernando te ligou para falar de um trabalho em Nova York? – perguntou a menina. – Ele também chamou a Andrea, e a mãe dela já disse que vai. Você disse a ele que nós vamos, não é? – emendou, antes de deixar Sueli responder a primeira pergunta.

– Ligou sim, amanhã a gente conversa sobre isso – disse a mãe.

– Que voz é essa, aconteceu alguma coisa? – Bárbara estranhou.

– Não aconteceu nada, filha. Eu estava cochilando, essa voz é de sono.

– Então, por que a gente conversa amanhã? Você não vai vir de novo com aquele papo do tipo "não sei se é uma boa", "será que vai dar certo?", "nada pode atrapalhar os seus estudos", não é, mãe? Eu ainda estou de férias, então não há motivo para a gente não ir. Ainda mais que a Andrea e a mãe vão também – insistiu a menina.

– Não é nada disso, Bárbara. O que eu quis dizer é que amanhã a gente conversa sobre os detalhes – esclareceu Sueli, sem coragem de desapontar a filha. – Agora, deixa eu voltar para a cama. Está tudo bem aí?

– Está sim, mãe. Um beijo.

– Fica com Deus, minha filha. E se comporta!

Não era necessário um motivo especial para que Lara abrisse os salões de sua casa. Quando convidou os amigos, ela disse apenas que a festa seria uma confraternização pós-*réveillon*. Umas famosas e outras mais discretas, todas as pessoas que lá estavam tinham projeção na área em que atuavam. Eram empresários, artistas, modelos, *socialites*, médicos, profissionais da moda e os tais jornalistas, dos quais Andrea havia falado para Bárbara ainda na época do curso.

– Pode escolher, qual deles você quer conhecer? – perguntou Andrea à amiga.

– Aquela ali, do programa de entrevistas – apontou Bárbara, de forma discreta.

Andrea puxou Bárbara pela mão e, totalmente desinibidas, as duas se aproximaram da jornalista. Nem foi preciso pedir à mulher um pouco de atenção.

– Oi, querida, como vai? Já fiquei sabendo que você está seguindo os passos da sua mãe. Que responsabilidade, hein? – disse a convidada para Andrea, numa inevitável comparação entre ela e Lara, coisa que a menina abominava.

– É verdade, estou começando a fazer alguns trabalhos – Andrea viu-se obrigada a ser simpática, antes de lançar o real motivo da abordagem. – Esta aqui é minha amiga Bárbara. Ela quer ser jornalista, mas, como ainda é cedo para isso, está trabalhando como modelo também.

O trio ficou conversando durante um bom tempo. Muito solícita, a jornalista respondeu a todas as perguntas de Bárbara, que mal conseguia disfarçar a curiosidade e o entusiasmo de poder conhecer os bastidores da profissão que queria seguir. No final do papo, a menina ainda ganhou um elogio.

– Bárbara, você vai ser uma jornalista e tanto. Isso que você fez comigo foi uma verdadeira entrevista. E das boas! – brincou a convidada.

Bárbara e Andrea agradeceram a paciência da mulher, ficaram por mais algum tempo na festa e, quando o sono bateu, subiram para dormir. Bárbara pegou logo no sono. Andrea não resistiu à tentação de descer até a cozinha para averiguar o que havia sobrado nas bandejas. Ao abrir o forno, viu várias travessas repletas de salgados de diversos tipos. "Não, eu não vou fazer isso", pensou, fechando a porta do forno e caminhando em direção ao corredor. Antes que alcançasse a escada, porém, a menina deu meia-volta e entrou de novo na cozinha. Comeu um, dois, três... dezesseis salgadinhos, colocando-os na boca antes mesmo de ter acabado de engolir o anterior.

Minutos depois, no andar de cima, Bárbara acordou assustada ao ouvir um barulho estranho vindo do banheiro.

– O que houve, Andrea? Você está vomitando?

– Acho que já terminei. Foram os salgadinhos, aposto. Toda vez que como fritura acontece isso – explicou a amiga, que quase não conseguiu terminar de falar, devido a outra ânsia de vômito.

– Que salgadinhos, Andrea? Eu não vi você colocar nada na boca a noite inteira – entregou Bárbara.

– Pois é, eu estava com fome e desci para comer alguma coisa. Dentro do forno, tinha uma bandeja com os salgadinhos que sobraram da festa. Comi só uns dois, que foram o bastante para eu ficar enjoada – justificou Andrea.

– É muito estranho você vomitar assim só porque comeu dois salgadinhos. Você tem de ir num médico ver isso, menina – aconselhou Bárbara, lembrando-se do dia em que as duas se tornaram amigas, quando Andrea passou mal no banheiro do curso.

– É, eu vou sim – concordou ela.

Bárbara voltou para a cama enquanto Andrea foi tomar banho. "Preciso me livrar desse cheiro horroroso", pensou a menina. A culpa por ter comido os dezesseis salgadinhos de forma compulsiva ela já havia tirado momentos antes, ao forçar o próprio vômito.

Capítulo 11

Na manhã seguinte, Sueli apressou-se em ligar para Fernando. Bárbara chegaria em casa apenas no final da tarde, e a mãe precisava agir até lá.

– Seu Fernando, preciso conversar uma coisa com o senhor. É muito importante e tem de ser agora.

– Pode falar, dona Sueli – disse o empresário.

– Por favor, me diga onde o senhor está, que vou ao seu encontro – sugeriu ela, bastante nervosa.

Antes de desligarem o telefone, o empresário ainda tentou saber do que se tratava, mas foi em vão. Sueli achava que aquele tipo de conversa deveria acontecer pessoalmente. Então ele passou o endereço de uma cafeteria perto de sua casa, na zona sul da cidade, e a mãe de Bárbara apressou-se em tomar uma *van* para chegar mais rápido.

– Seu Fernando, eu estive conversando com a minha irmã, e ela acha melhor cuidar da carreira de Bárbara, deixar tudo concentrado na família, o senhor entende? – disse Sueli, sem fazer rodeios.

– Que maluquice é essa, dona Sueli? – espantou-se Fernando, atestando a seriedade da conversa. – Por acaso a sua irmã trabalha em agência de modelos?

– Não, nunca trabalhou – respondeu ela.

– Então, como a senhora pode pensar em entregar a carreira de Bárbara nas mãos de alguém sem experiência? – reagiu o empresário. – Olha, dona Sueli, eu não vou dizer que para mim não faz diferença, porque eu estaria mentindo. Mas, do mesmo jeito que descobri a Bárbara, posso encontrar outras meninas com potencial. O mundo da moda é cheio de macetes. Desse jeito, só vai fazer arruinar a carreira promissora de sua filha. É isso que a senhora quer?

– Não, claro que não. A minha menina está tão feliz. Ontem mesmo ela ligou lá da casa da Andrea, toda contente com essa viagem para Nova York – contou Sueli, segurando o choro.

– Está vendo, dona Sueli? A senhora me desculpe perguntar, mas existe algum outro motivo para isso que a senhora quer fazer? – pressionou Fernando.

Sueli se descontrolou e começou a chorar. Diante daquela reação, não houve outro jeito senão contar ao empresário tudo o que acontecera, desde a história do passado, que a fez afastar-se da irmã e não querer o contato de Bárbara com Sandra, até a chantagem no dia anterior.

– É, não tenho como negar que a senhora está com uma batata quente nas mãos – concluiu o agente.

– Nem me fala, seu Fernando. É por isso que agora eu preciso encontrar um jeito de tirar Bárbara dessa história. E o pior é que eu não sei como fazer isso – desesperou-se Sueli.

– Vamos pensar com calma para a senhora não fazer besteira – disse o empresário.

– Por favor, seu Fernando, me ajuda a encontrar uma saída – implorou a mulher, depositando suas últimas esperanças naquele homem.

– Talvez tenha um jeito, mesmo que provisório – anunciou ele. – A gente pode fazer o seguinte: a senhora explica à sua irmã que não há a menor chance de ela ser agente de Bárbara, pelos motivos que eu já enumerei. Ela lhe impôs uma condição e a senhora lhe impõe outra. Isso ela vai ter de entender. Depois, diz que a deixa ir para Nova York como responsável pela menina. A gente resolve isso fácil, basta assinar uma procuração – sugeriu Fernando.

– Isso é loucura, seu Fernando. Hoje é Nova York, amanhã será outro lugar. Se eu deixar a Sandra ir desta vez, ela vai querer sempre mais – argumentou Sueli, ainda chorando. – Sem contar que as duas vão passar uma semana sozinhas. Quem me garante que ela não vai falar nada para Bárbara? Tenho muito medo da má influência que ela pode exercer sobre a minha filha.

– Garantia, a senhora não tem nenhuma, mas esse é o único jeito de ganhar tempo para pensar com mais calma no que fazer. Eu vou estar lá e ficarei de olho no comportamento da sua irmã – prontificou-se Fernando. – É claro que não posso ficar o tempo todo junto delas, mas aviso a senhora se perceber alguma coisa de anormal.

– Não vai dar certo, seu Fernando, eu tenho certeza – previu a mãe, aflita.

– Pense bem, dona Sueli. Com uma semana de trabalho em Nova York, Bárbara ganharia o equivalente a dois anos de universidade – ponderou o empresário.

– Está vendo só? Minha filha ficaria muito mais perto do sonho de se tornar jornalista. Por que a Sandra foi aparecer justo agora, meu Deus? – lamentou-se Sueli. – Como eu vou explicar a Bárbara que ela vai viajar com a tia, uma pessoa totalmente estranha, que nunca viu na vida?

– A senhora vai encontrar um jeito, estou certo disso – incentivou Fernando. – Só tem uma coisa, dona Sueli. As passagens, o hotel e as diárias para alimentação estão incluídos no contrato. Já a quantia que a sua irmã quiser para acompanhar Bárbara na viagem terá de sair do cachê.

– Tudo bem, seu Fernando. Se fosse resolver o problema, eu dava todo o dinheiro que Bárbara já ganhou até agora para essa cretina sumir do mapa – desabafou a mulher. – O senhor já está me dando uma ajuda e tanto, muito obrigada.

Antes de despedir-se do agente, Sueli tomou o segundo copo de água com açúcar. Assim que entrou em casa, foi tomar um banho e dar um jeito na aparência, pois Bárbara chegaria poucas horas depois. A mãe não queria que a menina notasse a sua cara de choro. Também havia Sandra, que ligaria para cobrar uma resposta a qualquer momento. “Hoje o dia vai ser longo”, pensou, desanimada.

– Mãe, a festa foi um sucesso. Fiquei conversando um tempão com uma jornalista. Ela disse que eu levo jeito para a coisa, de tantas perguntas que eu fiz – contou Bárbara, logo que colocou os pés em casa.

– É mesmo, minha filha? Que legal! – disfarçou Sueli.

– E a viagem para Nova York, mãe? Ontem foi um dia e tanto, só aconteceram coisas boas – vibrou a menina.

– É verdade – teve de concordar Sueli, por uma ironia do destino. – Aproveita e senta aqui, vamos conversar sobre a viagem.

– Ué, mas você já disse que estava tudo certo. Não vai me dizer agora que mudou de ideia, dona Sueli.

– Não é isso, minha filha. Hoje mesmo eu falei com o seu Fernando, pouco antes de você chegar. Está tudo certo. Quer dizer, quase tudo.

– Então me diz o que está pegando – pediu Bárbara.

– Não é nada de mais. É só que sua mãe não tem condições de fazer uma viagem como essa. É longe, morro de medo de avião e não falo uma palavra de inglês, já pensou no mico que seria? – começou Sueli, tentando imprimir um ar descontraído à conversa e conseguindo arrancar uma risada de Bárbara.

– Mas, mãe, alguém tem de ir comigo. A mãe da Andrea explicou que a gente não tem idade para viajar sozinha, ainda mais para fazer um trabalho lá fora. Ela disse que o Juizado de Menores costuma encrencar nesses casos, por isso precisa ir um responsável junto – disse a menina, em pânico. – Você não pode fazer isso!

– Calma, Bárbara, deixa eu continuar. Por coincidência, sua tia esteve aqui ontem. Conversamos bastante e acertamos aquela birra do passado. Pensei em mandá-la com você para Nova York. O que acha? – sondou Sueli.

– Acho muito estranho, mãe – respondeu Bárbara, sem saber o que pensar.

– É por isso que estou querendo conversar com você. Acho que a sua tia pode muito bem te acompanhar nessa viagem, já que eu não tenho tanto pique e também já me comprometi com algumas encomendas – insistiu Sueli.

– Mãe, como eu posso viajar com uma pessoa que nem lembro como é? E se ela for chata, cri-cri, um pé no saco? Ah, não, mãe, não inventa.

– Mas, minha filha, se não for assim, não tem outro jeito. Quem vai com você, então? Já te disse que não tenho a menor condição. Sua tia vem aqui mais tarde, e vocês vão se conhecer. Tenho certeza de que vai gostar dela.

– Olha, se essa é a única condição para eu viajar, está certo, eu aceito. Mas, desta vez, quero saber o que aconteceu entre você e minha tia, afinal, para que vocês passassem esse tempo todo sem se falar – cobrou Bárbara.

Sueli não chegou a ficar surpresa, pois sempre soube da curiosidade da filha. E também não foi a primeira vez que Bárbara quis saber o motivo do afastamento da tia. Nas outras, porém, desconversou e deixou a pergunta no ar. Agora ela não tinha como escapar.

– Tá certo, Bárbara, eu conto. No passado, sua tia ficou grávida do único homem com o qual ela não poderia se relacionar de jeito nenhum – revelou Sueli.

– E que homem era esse? – quis saber Bárbara.

– Espera, deixa eu te contar tudo desde o início – Sueli tentava ganhar tempo para escolher as melhores palavras. – Seus avós sempre tiveram uma nítida preferência pela sua tia, talvez por ser temporã, a caçulinha. E ela não dava a mínima para eles. Não obedecia, era respondona, sempre teve essas atitudes de jovens rebeldes. Sandra era uma moça muito bonita, tinha acabado de fazer dezesseis anos quando, um belo dia, anunciou para a família que estava grávida.

– Com dezesseis anos? – espantou-se a menina.

– Calma. Até aí, tudo bem. Meus pais ficaram chocados, é claro, mas esse era um problema contornável, mesmo numa época de padrões mais rígidos que os de hoje – disse Sueli.

– Hã, e aí? – Bárbara estava curiosa com a história.

– Acontece que a Sandra engravidou do noivo de uma prima nossa, que era muito chegada à gente e já estava com o enxoval todo pronto para casar. Você consegue imaginar a confusão, né? A história veio à tona na véspera do casamento, e a moça caiu em depressão – continuou.

– Nossa, mãe, que sinistro! – observou Bárbara.

– E o pior é que ainda não acabou. Meus tios esculhambaram seus avós, disseram que eles não souberam educar sua tia e deixaram de falar com a gente. O tal noivo da minha prima se mandou. Não quis assumir a criança, o cafajeste. Expulsa de casa, Sandra foi morar com uns parentes distantes, no interior do Estado. Perto de ter o filho, ela foi embora de lá e ficou um bom tempo sem dar notícias a ninguém.

– Caramba, tô pasma! – exclamou Bárbara.

– Para você ver. E tem mais... Quando soubemos da sua tia, anos depois, descobrimos que ela havia largado a criança no hospital onde deu à luz, a desmiolada. Seus avós não aguentaram. Minha mãe chorava dia e noite. Meu pai se fechou para a vida, ficava mudo pelos cantos, de cabeça baixa. Num espaço de três anos, os dois morreram de desgosto – continuou Sueli.

– Gente, isso parece coisa de novela! Mas e a criança?

– A criança... não sei muita coisa sobre ela. Só sei que era saudável – revelou a mãe, com a voz embaraçada. – Entende agora por que passei tanto tempo sem falar com a Sandra? Ela acabou com a nossa família. Por causa dela, seus avós morreram. Sem falar no absurdo que fez com a coitada da minha prima.

– É, acho que dá para entender, sim. Mas, também, ela era muito nova, né? Imagina, só tinha um ano a mais que eu. Eu só não compreendo, mãe, por que agora, de uma hora para a outra, você resolveu que ela tem de viajar comigo – desconfiou Bárbara.

– Ah, minha filha, nada como o tempo para amolecer o coração da gente. Ontem sua tia esteve aqui, nós conversamos bastante, ela falou do seu arrependimento, de como tem sofrido esses anos todos e também comentou que está infeliz no emprego. Acho que já é hora de acabarmos com isso. Para falar a verdade, fiquei com pena dela – relatou Sueli. – E ela se mostrou tão feliz com o seu sucesso, daí eu me lembrei da nossa dificuldade de conciliar os meus horários com os seus, essa história de viagem internacional e tudo o mais.

– Sei... Então é por isso que você está com cara de quem chorou – entregou Bárbara.

– Estou, é? Essa maquiagem que eu tenho é muito chinfrim mesmo, não resolve nada – brincou a mãe. – Vê se traz um corretivo de Nova York para mim, tá?

– Você não existe, dona Sueli. Vou trazer um *kit* completo, pode deixar.

No meio da tarde, Sandra chegou e mostrou-se bastante emocionada ao ver a sobrinha.

– Meu Deus, Bárbara! Vem cá. Deixa eu te dar um abraço, deixa eu ver como você está linda – pediu, com lágrimas escorrendo dos olhos.

Enquanto abraçava Sandra, a menina pensou na história que sua mãe lhe havia contado horas antes e sentiu pena da tia.

– E então, pronta para uma aventura em Nova York? – perguntou Bárbara, de forma simpática.

– Antes, eu preciso agradecer por vocês estarem me acolhendo desse jeito, depois de tanto tempo – disse Sandra, enxugando os olhos.

– Que é isso? Imagina... Você só vai precisar de um pouco de paciência até eu me acostumar a te chamar de tia – falou a menina, com um sorriso nos lábios.

Sueli teve vontade de fazer um escândalo e acabar com aquela farsa ali mesmo. Mas não podia, era o bem-estar de Bárbara que estava em jogo. Como Fernando havia sugerido, ela usaria o tempo em que a filha e a irmã estivessem viajando para pensar numa maneira definitiva de afastar Sandra de suas vidas.

Bárbara ficou conversando mais um tempo com a tia, de quem teve uma boa impressão. Mesmo que de forma repentina e inesperada, a menina ficou contente por sua família ter aumentado. As duas irmãs se comportaram como se tivessem, de fato, resolvido as mágoas do passado. Até que Anderson apareceu e Bárbara pediu licença para ir lá fora conversar com o amigo.

– Tá vendo, minha irmã, como tudo se ajeita? – ironizou Sandra.

– Você é patética – disse Sueli, com desprezo. – Toma aqui o seu dinheiro. Prefiro pensar que esse é o seu pagamento para cuidar bem da minha filha. Por favor, faça por merecer.

Anderson chegara à casa de Bárbara disposto a se declarar, mas a menina não lhe deu chance. As novidades eram tantas que, de vez em quando, ela precisava tomar fôlego para conseguir emendar um assunto no outro. Àquela altura, o rapaz já estava convencido de que não havia mais espaço para ele na vida da amiga. Esta, por sua vez, continuava cismada por ele nunca ter comentado que ficara com Natália.

– A Natália sumiu, você tem visto ela? – Bárbara não conseguiu deixar de perguntar.

– Tenho, sim, ontem mesmo ela esteve aqui. A mãe e o padrasto tiveram uma briga feia de manhã. Ela ficou arrasada, coitada – respondeu Anderson.

– Poxa, que chato – limitou-se a dizer a menina, sem conseguir, mais uma vez, arrancar a revelação do rapaz.

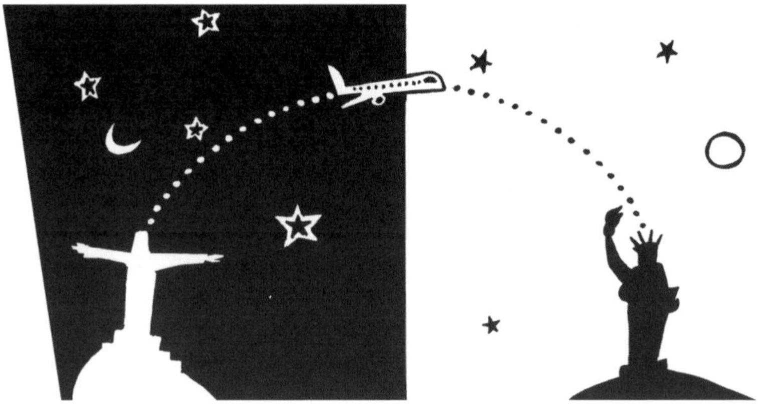

Capítulo 12

Bárbara, Sandra, Andrea, Lara e Fernando embarcaram para Nova York. Sueli não foi levar a filha ao aeroporto, com a desculpa de que não poderia ficar muito tempo longe da cozinha. Antes de se despedir, porém, recomendou à menina que nunca comentasse com a tia a história que lhe contara.

A viagem de avião foi um acontecimento. Bárbara ficou tão excitada que não conseguiu pregar os olhos um só instante. Enquanto a maioria dos passageiros dormia, a menina sentou-se na última fileira, ao lado de uma das comissárias, que gentilmente lhe explicava tudo o que ela perguntava sobre o seu trabalho e o funcionamento da aeronave.

Chegando a Nova York, o grupo deu entrada no hotel e, em seguida, dividiu-se em dois táxis, rumo ao local de trabalho. As meninas passaram a tarde inteira provando roupas e fazendo testes de maquiagem e cabelo para as fotos do dia seguinte, enquanto Sandra e Lara, já enturmadas, foram bater perna pelas ruas chiques da cidade.

– Vocês não vão ficar aqui com a gente? – perguntou Bárbara, surpresa com a atitude das duas.

– Para quê, Bárbara? Ah, eu nunca vim a Nova York, preciso aproveitar a companhia da Lara, que conhece tudo por aqui. Além do mais, olha a quantidade de gente que vai tomar conta de vocês – disse Sandra, tomada pela ansiedade.

– Não tem problema, podem ir, que eu vou ficar por aqui o tempo todo – interveio Fernando, que, diante da história que Sueli lhe contara, achava até melhor que a menina tivesse o mínimo de contato com Sandra.

No final do dia, apesar de cansadas por causa da viagem e da maratona de troca de roupas, Bárbara e Andrea só pensavam em conhecer o lugar.

– Fernando, a gente não vai ter nem uma horazinha para passear? – quis saber Andrea.

– Vão, sim, não se preocupem. Primeiro o dever, depois a diversão – advertiu o empresário, enquanto apontava para duas mulheres com sacolas na mão, que vinham na direção deles. – Olha lá, a Sandra e a Lara estão voltando.

Fernando fez sinal para um táxi que levaria as quatro de volta para o hotel, ao passo que ele iria para um jantar de negócios.

– Nos vemos amanhã, meninas. Boa noite – despediu-se.

– Bem que a gente podia comer um cachorro-quente antes de ir dormir. Eu vi uma carrocinha lá na rua do hotel que me deixou com água na boca – disse Bárbara, já dentro do táxi.

– Que cachorro-quente, que nada! Tá querendo engordar, menina? – repreendeu Lara.

– É verdade, Bárbara. Você agora é uma modelo. Precisa controlar a comida, caso contrário ninguém mais vai querer te contratar – concordou Sandra.

– Eu nunca tive problema com isso, Sandra – disse Bárbara,

que ainda não havia se acostumado a chamá-la de tia. – Sempre comi de tudo e fui magrinha assim, nunca precisei fazer dieta.

– Bárbara, não discute. Estou falando isso para o seu bem. Se estiver com fome, paramos num lugar para comer uma salada ou tomar uma sopa – sugeriu Sandra, voltando-se para a mãe de Andrea. – Você não concorda, Lara?

– Claro, querida. Essas meninas têm de aprender a comer como passarinho. Eu digo "essas meninas", mas sei que Andrea nem ousa colocar uma colher de sorvete na boca, não é, minha criança? – perguntou Lara, sem dar chance à filha de responder. – Na minha época, por exemplo, eu passava a alface com ricota, e olhe lá!

– Não liga não, Bárbara. A carrocinha fica perto do hotel, depois a gente pensa num jeito de escapar e ir até lá – disse Andrea baixinho para a amiga, enquanto Sandra e Lara engataram numa conversa sobre alimentação balanceada e corpos sarados.

Assim que entrou no quarto do hotel, Bárbara ligou para Sueli. As duas passaram uns quinze minutos ao telefone, e a menina contou para a mãe todos os detalhes da viagem e do seu primeiro dia em Nova York. Exceto a voada de Sandra com Lara e a história do cachorro-quente, que Bárbara preferiu deixar para lá.

– E sua tia, está cuidando direitinho de você? – perguntou Sueli, preocupada.

– Tá, sim, mãe. Tudo tranquilo.

Os dias seguintes transcorreram sem maiores problemas. Bárbara e Andrea foram fotografar no Central Park, a locação escolhida por estar coberta de neve naquela época do ano. A campanha era de uma grife de *jeans*, e os criadores queriam passar a ideia de que a marca aliava beleza e conforto aos modelos. A produção foi em clima de brincadeira, com as duas amigas jogando punhados de neve uma na outra.

A tia de Bárbara e a mãe de Andrea ficavam na locação só até começarem as fotos – em seguida, as duas iam às compras. Sandra, numa proporção muito menor que Lara, que não raro precisava passar no hotel para deixar as sacolas antes de voltar para buscar a filha. Do meio da tarde em diante, quando as meninas já estavam liberadas, Sandra e Lara concordavam em levá-las para passear.

No primeiro dia, o quarteto foi ao Museu de História Natural. Bárbara e Andrea ficaram maravilhadas com as peças em exposição, principalmente os bonecos de cera que imitavam homens das cavernas.

– Impressionante, Andrea! Parece gente de verdade, né? – perguntou Bárbara.

– E não é? – brincou a amiga, fazendo-se de distraída.

Um dia depois, foi a vez de elas subirem até o topo do Empire State, de onde se tem uma bela vista de toda a ilha de Manhattan. Bárbara e Andrea não sabiam para qual lado olhavam, de tão extasiadas que ficaram. A cada volta que davam no alto do observatório, as duas descobriam novas facetas da cidade.

– Isso aqui é mesmo um sonho – suspirou Sandra, numa das poucas vezes em que puxava conversa com Bárbara. – E eu nunca poderia imaginar que um dia viria aqui por sua causa – disse, provocando um olhar desconfiado da menina.

– Queridas, tenho novidades. Falei com uma amiga das antigas hoje cedo, e amanhã à noite vai ter uma festinha no apê dela. Estamos todas convidadas – anunciou Lara, tão logo deixaram o prédio. – Andrea, você já sabe. Eu quero aquela produção impecável. Lá só vai ter gente ligada à moda, e fazer bons contatos é tudo nessa vida.

No penúltimo dia, a equipe de produção decidiu terminar a sessão de fotos antes da hora porque começou a nevar. Como Sandra e Lara haviam ido mais uma vez às compras e ainda demorariam para retornar, Fernando convidou as meninas para um passeio na Quinta Avenida. No caminho, o empresário deu cem dólares a cada uma, para que comprassem o que quisessem.

Bárbara entrou na primeira loja de cosméticos que viu e comprou vários tipos de maquiagem para Sueli, de quem lembrou com carinho, sentindo um aperto de saudade.

– Você não está achando a minha tia estranha, Andrea? Sei lá, depois da história toda que eu te contei, não era para ela querer ficar mais perto de mim, conversar mais comigo, se chegar mais? – indagou Bárbara, dentro de uma loja de departamentos, enquanto a amiga escolhia uma bolsa e Fernando as esperava perto do caixa.

– Estou. Mas você sabe que eu sou suspeita para falar. Para ela se dar bem com a minha mãe, só mesmo sendo muito estranha, né? – falou Andrea, morrendo de rir do que acabara de dizer.

A amizade de Bárbara e Andrea ficou ainda mais forte. Se não fosse a companhia da amiga, além das sucessivas gentilezas de Fernando, a menina acreditava que não suportaria todos aqueles dias em Nova York. Apesar da viagem, do cachê e de alguns passeios agradáveis. Longe de casa e das pessoas de que mais gostava, Bárbara se deu conta do quanto sentia saudade de sua rotina de antes. A distância do carinho da mãe, a descoberta da paixão por Anderson, os momentos de diversão com a turma do bairro, as tardes de cantoria no videoquê... A jovem começou a lamentar a falta de tempo para desfrutar de tudo o que ela sempre prezara.

Bateu em Bárbara uma sensação de vazio, de solidão, que acabou ofuscando a felicidade que ela deveria sentir por estar construindo uma carreira de sucesso, que lhe daria a chance de melhorar de vida e garantir seu curso universitário. Aquela viagem, que era para ser uma aventura, acabou se transformando num sacrifício. A coisa que a menina mais queria naquele momento, enquanto Andrea se decidia por uma bolsa rosa ou vermelha, era voltar para casa. "Bola pra frente, garota. Já está acabando, só falta mais hoje e amanhã", disse para si mesma, numa tentativa de autoajuda.

De volta às ruas, foi a vez de Fernando pedir para entrar numa loja de artigos esportivos, para comprar uns pares de tênis para os filhos. Enquanto o empresário escolhia os modelos, Bárbara e Andrea ficaram olhando a decoração do lugar, que tinha um ambiente para cada modalidade esportiva.

– Nossa, o Anderson ia tarar por essas camisas! – disse Bárbara para a amiga, assim que chegaram à parte da loja reservada ao basquete.

– Por que você não leva uma de presente para ele? – sugeriu Andrea.

– É mesmo, né? Era capaz de ele beijar os meus pés – brincou a menina. – Mas seria muita bandeira. Por que eu levaria um presente para ele e nada pros meus outros amigos?

– Deixa de ser ridícula, garota. Simplesmente porque você está apaixonada por ele. Ninguém tem nada com isso. Você compra presente para quem quiser. E vê se escolhe uma camisa bem bonita, anda logo – incentivou a amiga. – Ou você sai desta loja com um belo embrulho nas mãos, ou eu não me chamo Andrea, filha de Lara, a maior perua da face da Terra – anunciou, gesticulando de forma espalhafatosa, tal qual sua mãe.

– Só você para me fazer chorar de tanto rir, Andrea – disse Bárbara, enxugando os olhos.

– Então aproveita que você se alegrou um pouco e escuta uma coisa. Acho bom a senhorita parar de palhaçada e tratar de conversar com o Anderson assim que colocar os pés no Rio de Janeiro. Se a história da Natália te incomoda tanto, pergunta a ele. Você só vai saber se tomar essa iniciativa, Bárbara – pressionou a amiga.

– É, você tem razão. O problema é eu ter coragem para falar sobre isso com ele – assumiu Bárbara.

– Ah, para de história. Falando assim, você nem parece aquela menina decidida, a quem eu dei a honra de se tornar minha amiga – brincou Andrea.

Bárbara comprou a camisa, recomendando à moça do caixa, através de mímica, que fizesse um belo embrulho para presente. O trio saiu da loja em direção ao Central Park, para se encontrar com Sandra e Lara, que àquela altura também já estariam voltando de suas andanças. No caminho, Bárbara e Andrea pediram a Fernando para parar por cinco minutos em frente a uma pista de patinação no gelo. As meninas ficaram extasiadas, pareciam crianças em vitrine de loja de brinquedo. Enquanto olhavam o desempenho dos patinadores, alguns descolados e um número maior de desajeitados, o empresário contou para as duas amigas que o prédio em frente era o Rockfeller Center, um dos pontos turísticos mais tradicionais de Manhattan.

À noite, antes de tomar banho e se arrumar para a festa no apartamento da amiga de Lara, Bárbara sentiu uma vontade irresistível de ligar para Anderson, em consequência da conversa que tivera com Andrea mais cedo.

– Que pena, Bárbara. O Anderson não está, foi encontrar com a Natália – disse a mãe do rapaz.

– Com a Natália? – reagiu Bárbara, desapontada.

– É, ela passou aqui e eles foram um pouco até a praça – respondeu a mulher. – Daqui a pouco ele deve estar de volta. Você não quer ligar de novo dentro de meia hora?

– Não vai dar. Aqui já é tarde, preciso ir dormir – mentiu Bárbara, com a voz embrulhada.

– Entendo, minha querida. Mas pode deixar que eu digo a ele que você ligou. Ele vai ficar muito feliz quando souber. Um beijo – despediu-se a mãe de Anderson.

No caminho para a festa, Bárbara contou a Andrea sobre o telefonema e a sua desconfiança de que estava rolando algo mais sério entre Anderson e Natália.

– Para de sofrer antes do tempo, Bárbara – recomendou a menina. – Bota logo um sorriso nesse rosto e vamos nos divertir.

– Tá difícil, amiga. Quer saber? Minha vontade de ir nessa festa é zero – confessou Bárbara. – Mas, como não tem jeito, lá vamos nós.

A amiga de Lara morava no SoHo, um bairro descolado de Nova York, famoso por abrigar gente ligada à arte e à moda. O lugar era um cubículo, praticamente uma quitinete. Quando chegaram, ainda não havia muita gente, mas logo o apartamento ficou tomado, a ponto de algumas pessoas terem de ficar em pé no corredor do prédio.

Sandra e Lara se enturmaram rápido. Como grande parte dos convidados era brasileira, a tia de Bárbara não teve dificuldade em participar das conversas.

– Olha como ela é exibida, Andrea – apontou Bárbara, com

vergonha do comportamento da tia, que àquela altura já havia tomado três doses de uísque.

– E você acha que eu ainda me espanto com isso? Olha para a minha mãe, que você vai entender do que estou falando – disse Andrea, já acostumada com o jeito de Lara.

As duas passaram a maior parte do tempo espremidas num canto, enquanto os outros convidados conversavam, dançavam, riam alto, bebiam. De vez em quando, Lara trazia alguém para apresentar às meninas, quase sempre uma figura estranha aos olhos de Bárbara e Andrea.

– Bárbara, aguenta aí um pouco que eu vou tentar ir ao banheiro – avisou Andrea, referindo-se à dificuldade de circular em meio à superlotação do apartamento.

– Tá bom, mas, pelo amor de Deus, não demora – pediu a menina.

Tão logo Andrea distanciou-se um pouco, Bárbara foi abordada por um homem jovem, magro, com um *piercing* na sobrancelha e o cabelo pintado com mechas verdes.

– E aí, gatinha? Qual é a boa para depois da festa? – perguntou o rapaz.

Bárbara limitou-se a fazer uma cara de quem não entendeu, deixando o homem sem resposta.

– Ah, qual é? Vai me dizer que uma menina linda desse jeito não tem língua? – insistiu ele, aproximando sua boca da de Bárbara. – Essa eu quero ver.

A menina só teve tempo de afastá-lo com uma cotovelada e correr, trêmula, em direção ao banheiro. Precisou bater várias vezes até que Andrea abriu a porta. Pálida, Bárbara mal conseguiu contar o que se passara minutos antes. A amiga estava no meio de mais uma crise.

– Você está vomitando de novo? – espantou-se Bárbara, ainda ofegante.

– Já vai passar. Pode deixar – tranquilizou Andrea, dando-se conta de que Bárbara também estava em apuros.

Logo que Andrea deu sinais de melhora, Bárbara levou-a para a sala, à procura de Lara e Sandra. A primeira que avistou foi a tia, dançando junto a um grupo de modelos.

– Sandra, a gente quer ir embora – avisou Bárbara, com a cara amarrada.

– O quê? Não estou te ouvindo – disse ela, aproveitando-se da música alta para não dar muita importância para o que a sobrinha dizia.

– A Andrea não está bem. Chama a Lara para irmos embora – a menina aumentou o tom de voz.

– Ah, não, Bárbara. Agora que a festa está esquentando... Sossega aí – disse Sandra, virando-se de novo para a roda de dança.

– Sandra, nós queremos ir embora agora! – gritou Bárbara, irritada com o pouco-caso da tia. – Conseguiu me escutar desta vez ou quer que eu faça um escândalo aqui?

As pessoas que estavam próximas olharam espantadas para a menina, que puxou Andrea pelo braço em direção à porta. Na saída, Lara, que havia sido alertada por Sandra, mostrou-se decepcionada por ter de deixar a festa tão cedo.

– Eu não entendo essa juventude. A gente vem para uma festa legal e vocês querem ir embora cedo. Nós estamos em Nova York, meninas. Vocês têm noção disso? Ah, se eu tivesse vinte anos a menos! Nunca que eu deixaria uma noitada como essa me escapar – lamentou, saudosa.

Bárbara limitou-se a revirar os olhos, como quem diz: "Nem adianta explicar o que aconteceu. Ela acharia uma tremenda bobagem".

Capítulo 13

Para alívio de Bárbara e Andrea, o último dia de viagem foi livre. Mesmo com a interrupção das fotos no dia anterior, o produtor achou que o material que eles tinham conseguido até então já era suficiente. Fernando aproveitou para visitar uma agência com a qual pretendia fechar um convênio de intercâmbio de modelos. A única opção das duas meninas foi sair para passear com Sandra e Lara. Era isso ou ficar de bobeira no hotel.

– Eu quero ver você passar na alfândega com essa tralha toda que comprou – disse Andrea para a mãe, na mesa do restaurante, na hora do almoço.

– Deixa de ser implicante, criança. Eu só comprei o básico – disse Lara, sem desviar os olhos do cardápio.

– E o papai, será que também vai achar a conta do cartão de crédito básica? – alfinetou a menina.

– Tomara que a nossa próxima viagem seja para a Europa. Imaginem só... Paris, Madri, Milão – suspirou Sandra, tentando amenizar a situação e piorando ainda mais as coisas para o seu lado.

Bárbara fitou a tia de rabo de olho. Para desespero de Sueli, que ficaria com mil minhocas na cabeça, ela já havia decidido falar para a mãe que a ideia de Sandra acompanhá-la na viagem tinha sido péssima. "Viajar com essa mulher, nunca mais", pensou a menina.

Depois da vigilância de Sandra e Lara na hora da refeição – "Peçam pratos de baixa caloria, mocinhas", as duas não se cansavam de repetir –, Bárbara e Andrea puderam escolher aonde queriam ir.

– Queremos patinar no Rockfeller Center! – pediram elas, em coro.

Aquela tarde foi a mais divertida da viagem, fazendo jus à máxima de que o último dia é sempre o melhor. As amigas alugaram os patins e levaram vários tombos até conseguirem se equilibrar sob as lâminas de ferro. Na pista, tinha gente de todo tipo. Crianças, grupos de adolescentes, casais apaixonados, pessoas de meia-idade, ninguém se importava com os olhares curiosos de quem parava só para espiar.

Cansadas de ficar ali sem terem nada para fazer, Sandra e Lara chamaram as meninas para dizer que andariam um pouco ali por perto e voltariam duas horas mais tarde, quando começaria a escurecer.

– Lá vai minha mãe comprar de novo – repreendeu Andrea. – Quando ela percebe que a viagem já está acabando, aí é que ela fica louca para gastar.

– Deixa ela, amiga. Vem, vamos tentar andar sem segurar no corrimão – sugeriu Bárbara.

O programa estava tão legal que as meninas nem sentiram o tempo passar. Quando se deram conta, correram para entregar os patins e calçar os sapatos, pois a qualquer momento Sandra e

Lara estariam de volta, e elas ainda tinham de aprontar as malas antes de dormir. Meia hora depois do horário combinado, porém, as duas ainda não tinham voltado para pegá-las.

– Bárbara, você tem dinheiro aí? – quis saber Andrea, roendo as unhas sem parar.

– Tenho uns dez dólares aqui no bolso. Para quê? – perguntou Bárbara.

– Lembra o cachorro-quente que nós não comemos no dia em que chegamos aqui? Eu tô vendo uma carrocinha bem ali na esquina – insinuou Andrea.

– É pra já! – concordou Bárbara.

Aquele cachorro-quente, que tinha um gosto de protesto contra a proibição de Sandra e Lara, foi o melhor que as duas amigas já comeram na vida.

– *Another one, please* [Mais um, por favor] – Andrea pediu para o carroceiro, quando ainda faltavam duas mordidas para terminar o seu.

– Outro, Andrea? Esse lanche é enorme, acho que não vou conseguir comer mais um – disse Bárbara, que já estava satisfeita e achou por bem não exagerar.

Andrea não deu ouvidos à amiga. Comeu o segundo, o terceiro e, enquanto Bárbara se aproximou da pista de patinação para ver se Sandra e Lara já tinham voltado, pediu o quarto.

– Não vai me dizer que você pediu mais um! – repreendeu Bárbara ao retornar.

– Eu odeio a minha mãe! Aposto que ela está enlouquecida dentro de uma loja qualquer e esqueceu da gente – explodiu a menina, mordendo o cachorro quente com raiva e engolindo sem mastigar.

– Calma, Andrea. Vai ver, aconteceu alguma coisa, elas já devem estar voltando – Bárbara tentou amenizar.

– Que nada. Você não conhece a peça, não é a primeira vez que ela faz isso. Mas, desta vez, vou contar tudo para o meu pai, ela não perde por esperar – disse a menina, bastante nervosa.

– Ela não está sozinha, Andrea. Se nós fomos mesmo esquecidas aqui, a Sandra é tão culpada quanto sua mãe – disse Bárbara.

– Minha mãe é louca, sempre foi. Ela não liga para ninguém nem para nada, só sabe me cobrar o tempo todo. "Andrea, não come chocolate porque dá espinha." "Andrea, não toma sorvete porque engorda." "Andrea, você tem um nome a zelar." "Andrea, eu quero que você fique linda para a festa de hoje." Que coisa mais chata! – esbravejou.

Bárbara ficou sem saber o que dizer. Bastou uma semana na companhia, ou melhor, na não companhia de Lara para ela perceber que a amiga tinha razão.

– Você já tentou conversar com ela, Andrea?

– De que jeito, se ela nunca me dá chance? Só quer saber de ficar me monitorando e me repreendendo. Mas eu me vingo direitinho. Quando ela não está por perto, eu como, como, como tudo o que vejo pela frente – revelou Andrea, que, com um enorme sentimento de culpa por ter comido quatro cachorros-quentes daquela maneira, empunhou a lata de refrigerante e, com o canudo, forçou o próprio vômito ali mesmo, no meio da rua.

– Andrea, você está vomitando sangue! – Bárbara ficou horrorizada.

– Amiga, me ajuda! Minha barriga está doendo muito – a menina caiu de joelhos, aos prantos.

Num instante, apareceu um monte de gente oferecendo ajuda, inclusive um policial, que se apressou em chamar uma ambulância. Sandra e Lara, que haviam acabado de chegar em frente ao Rockfeller Center, viram a movimentação na esquina e reconheceram as meninas. As duas correram na direção delas, sem entender direito o que estava acontecendo.

– Minha criança, o que houve? – perguntou Lara, ao ver a filha pálida, caída no chão, vomitando sem parar. – É só a gente se ausentar um pouquinho que essas meninas aprontam, vejam só.

– A gente apronta? Sua filha quase desmaiou de tanto vomitar e a culpa ainda é nossa? – indignou-se Bárbara, olhando furiosa para Lara.

– Que é isso, Bárbara? É um assunto entre mãe e filha, não se mete – interveio Sandra.

– Não se mete, o caramba! E você é outra que não tá nem aí pra nada – acusou Bárbara. – Não é à toa que vocês se deram tão bem.

A ambulância chegou, e foram todas para o hospital, onde Andrea foi medicada e ficaria em observação até o dia seguinte. Lara recebeu uma série de recomendações para que levasse a filha a um endocrinologista e a um psicólogo, tão logo voltassem ao Brasil. Por sorte, a mãe da menina falava um inglês fluente, herança da época em que morou fora do Brasil, a trabalho.

Já era bem tarde quando Sandra e a sobrinha voltaram para o hotel. Fernando estava no saguão, preocupado com a ausência e a falta de notícias das quatro, e abriu logo o jogo ao saber o que tinha acontecido e ao ouvir de Bárbara que Andrea havia forçado o próprio vômito.

– Essa menina sofre de bulimia, será que a mãe dela nunca percebeu isso? Quanta displicência! – disse o empresário.

– O que é isso, Fernando? – quis saber Bárbara.

– Bulimia é uma espécie de distúrbio alimentar. A pessoa ingere uma grande quantidade de comida, muito rápido, e depois é tomada por um sentimento de culpa que a leva a forçar o próprio vômito. Isso se alterna a longos períodos de jejum, por isso quem sofre de bulimia consegue manter o peso, apesar de sempre achar que está gordo – explicou o empresário.

– Que coisa horrível, coitada! – espantou-se Bárbara. – Mas espera aí. É assim mesmo que a Andrea se alimenta. Ela mesma me contou pouco antes de passar mal. Eu já tinha percebido que ela vomitava demais, aquilo não podia ser normal. E a alucinada da mãe dela nunca se deu conta disso!

Capítulo 14

Sueli já havia deixado vários recados, preocupada porque passara muito da hora em que Bárbara costumava ligar para casa.

– ... E as duas nem estavam lá, mãe, elas deixavam a gente e iam bater perna – contou Bárbara, ao ligar para Sueli. – Acabamos de chegar do hospital.

– Que irresponsabilidade! – indignou-se Sueli.

– Isso porque eu prefiro nem te contar agora sobre a festa de ontem – lançou Bárbara.

– O quê? Que festa? – preocupou-se a mãe.

– Ah, deixa pra lá, depois eu te conto. Ainda bem que no final deu tudo certo – respondeu Bárbara, tentando tranquilizá-la.

– Deixa pra lá, nada. Passa o telefone para a sua tia, eu quero falar com ela agora mesmo – ordenou Sueli, furiosa.

Bárbara fez conforme a mãe pediu e foi tomar banho. Sandra sentou-se à beira da cama, próximo à mesinha de cabeceira onde ficava o telefone, de frente para a janela, e pôs-se a falar com a maior calma do mundo.

– Deixa de estresse, Sueli. A gente só atrasou um pouquinho. É a Bárbara que está inventando história. Nós perdemos a hora, isso acontece – disse à irmã.

– Um pouquinho? A Bárbara acabou de contar que elas ficaram quase uma hora esperando vocês. Onde já se viu largar duas meninas assim, num lugar estranho, com a coitada da Andrea passando mal desse jeito? – queixou-se Sueli.

– Para o seu governo, quando nós deixamos as duas, a Andrea estava muito bem – justificou Sandra.

– Não interessa, vocês não podiam ter deixado duas adolescentes sozinhas em Nova York – esbravejou Sueli.

– Qual é o problema, hein? Por acaso você está insinuando que eu não sei cuidar da minha própria filha? – perguntou a irmã.

– Cala essa boca, Sandra. A menina pode escutar. Onde ela está? – quis saber Sueli, muito nervosa, do outro lado da linha.

– Tomando banho. Pode deixar, que de dentro do banheiro não se escuta uma palavra do que se diz aqui no quarto, ainda mais com o chuveiro ligado – explicou a irmã.

Essas foram as últimas palavras que Bárbara captou da conversa, antes de, agora sim, entrar no banheiro, bater a porta e encarar-se no espelho, em estado de choque. Sandra estava enganada. De fato, a menina havia ido ao banheiro, ligado o chuveiro e encostado a porta. Mas, em vez de entrar logo no banho, ela não se conteve de curiosidade em escutar o pito que a mãe passaria na outra, que não percebeu nada porque estava sentada de frente para a janela.

– Ela está mesmo no banho? – quis garantir Sueli.

– Espera aí – pediu Sandra, virando-se em direção ao banheiro. – Bárbara? Bárbara, que barulho foi esse? – perguntou, referindo-se à porta que a menina batera menos de um minuto antes.

A menina não respondeu.

– Está, sim. Eu escutei um barulho, mas não foi aqui. Agora preciso desligar, Sueli. Amanhã nós vamos viajar de volta, e eu ainda tenho de organizar umas coisas – avisou Sandra, sem perder a chance de alfinetar a irmã. – Um dia você precisa vir a Nova York, para ver como essa cidade ferve.

No banheiro, Bárbara continuava imóvel, olhando-se no espelho. "Não é possível, eu não escutei direito. Devo estar enganada." Ao mesmo tempo, lembrava-se com nitidez do que Sandra havia dito para Sueli ao telefone: "Por acaso você está insinuando que eu não sei cuidar da minha própria filha?". As lágrimas escorriam pelo rosto da menina.

Sandra começou a irritar-se com a demora de Bárbara e bateu na porta.

– Bárbara, você não vai sair daí nunca? Eu também quero tomar banho.

A menina abriu a porta e, num grande esforço para não explodir ali mesmo, disse a Sandra que iria ao quarto de Fernando pedir que ligasse para o hospital, pois ela queria saber notícias de Andrea.

Bárbara chorava muito quando bateu no quarto de Fernando. Sua vontade era ir embora dali de qualquer jeito, mas sabia que, quanto a isso, o empresário não poderia fazer muita coisa. O voo estava marcado para a manhã seguinte, e a menina teria de esperar.

– Posso usar o telefone? – pediu, soluçando.

– O que aconteceu, Bárbara? – perguntou ele, assustado.

– Depois eu te explico. Mas agora, por favor, eu preciso usar o telefone – insistiu Bárbara.

Fernando respeitou a vontade da menina e deixou-a sozinha no quarto.

Anderson ficou surpreso com a ligação de Bárbara àquela hora da noite, mais ainda quando percebeu que ela estava aos prantos.

– Você consegue acreditar, Anderson? – Bárbara contou a ele toda a história, entre um soluço e outro.

– Isso é surreal, Bárbara! Será que você ouviu bem?

– Com todas as letras, Anderson. No início, eu também desconfiei que era viagem minha, mas agora as palavras da Sandra não saem da minha cabeça – garantiu Bárbara. – Isso não está acontecendo, não é? Diz pra mim que não.

– Sinto informar que vai ser difícil, minha amiga, mas você vai ter de encarar essa. Já pensou no que fazer? – perguntou o rapaz.

– Eu vou ligar para a minha mãe. Não vou conseguir dormir sem tirar essa história a limpo – concluiu a menina.

– Pensa bem, Bárbara. Será que não é melhor vocês conversarem pessoalmente na sua volta? Pensa na saúde da sua mãe – sugeriu Anderson.

– Não dá, não consigo. E como eu fico até amanhã, sem saber de quem sou filha, afinal? Não dá mesmo, preciso ligar para ela agora.

– Bom, você sabe que pode contar comigo para o que der e vier, não sabe?

– Eu vou mesmo precisar muito de você, Anderson – disse a menina, ainda com voz de choro, prevendo a barra que iria enfrentar.

– Eu te amo, Bárbara – declarou ele.

Enfim uma notícia boa, no meio daquele pesadelo.

– Oi, sou eu de novo – disse Bárbara, desta vez sem conseguir chamar Sueli de mãe, e um pouco refeita da crise de choro.

– Ai, meu Deus, o que aconteceu agora, Bárbara? Você não imagina como eu estou aflita com toda essa história da Andrea no hospital, vocês duas largadas nessa cidade... Ainda não consegui pregar os olhos. Já vi que foi uma péssima ideia mandar a Sandra com você – disse Sueli, emendando uma frase na outra.

– Eu liguei para te perguntar uma coisa. Escutei a Sandra falando com você ao telefone e ela disse que é minha mãe. Isso é verdade? – perguntou Bárbara, na lata.

Sueli fez um grande esforço para se controlar.

– Bárbara, vamos deixar essa conversa para quando você chegar – limitou-se a dizer, com a voz embrulhada.

– Você já respondeu, então é verdade. Quer dizer que me enganou esse tempo todo? – cobrou Bárbara, explodindo com Sueli, sem conseguir conter o choro.

Do outro lado da linha, a mulher também desabou.

– Calma, Bárbara. Deixa eu te explicar – pediu Sueli, aos prantos.

– Calma? Você acaba de confirmar que eu não sou sua filha e ainda me pede para ter calma? – Bárbara elevou o tom da voz.

– Bárbara, me escuta. Lembra que eu te contei a história do envolvimento de Sandra com o noivo da minha prima? – Sueli não teve outra saída a não ser contar toda a verdade. – Nunca existiu prima nenhuma. Aquela é a minha história. Seu pai era meu noivo, até a Sandra se meter com ele – revelou.

– Que maluquice é essa? De novo você mentiu para mim, então? – pressionou Bárbara.

– Minha filha, se eu pudesse, pegava um avião e ia te encontrar agora mesmo para esclarecer isso tudo – Sueli lamentou a distância que a separava de Bárbara num momento tão delicado. – Tem tanta coisa que eu preciso te dizer...

– Eu vou desligar – foi tudo o que Bárbara disse.

A menina bateu o telefone e passou os cinco minutos seguintes paralisada. Era ela, afinal, a protagonista daquela trama digna de novela das oito. A próxima que Bárbara enfrentaria seria Sandra.

– Nossa, que cara horrível! – disse Sandra, que estava sentada na cama fazendo as últimas arrumações na mala quando Bárbara entrou de volta no quarto.

– Eu já sei de tudo – revelou Bárbara, cujos olhos vermelhos e inchados entregavam o quanto ela havia chorado.

– Tudo o quê, menina? – perguntou Sandra.

– Que você é minha mãe. Eu ouvi quando disse isso ao telefone – assumiu Bárbara.

– Mas que coisa feia! Você deu para ficar pelos cantos ouvindo a conversa dos outros, é? Isso é falta de educação, sabia? – Sandra tentou disfarçar.

– Não precisa desconversar. Eu já falei com a minha mãe. Com a minha outra mãe. Com a Sueli – enrolou-se a menina, começando a chorar de novo.

– Bárbara, eu não sei o que a Sueli disse para você, mas deixa eu te explicar essa história – pediu a mulher, preocupada em contar a sua versão.

– Não precisa, o que eu soube já é suficiente – disse a garota, num tom seco.

– Nada disso, você precisa me ouvir – insistiu Sandra. – Você não imagina o quanto eu fiquei emocionada quando te vi naquele *outdoor*, a vontade que tive foi de sair gritando pela rua que aquela menina linda na foto era minha filha. Tudo o que eu mais queria era uma chance de me aproximar de você, e essa viagem foi perfeita para isso.

– Ah, é? E o que você fez para se aproximar de mim todos esses dias? Passou o tempo todo para lá e para cá com aquela louca da mãe da Andrea, tão avoada que nunca desconfiou da doença da filha – entregou a menina. – Olha, eu não sei se um dia vou conseguir te perdoar – disse Bárbara, puxando a sua mala em direção à porta.

– Aonde você vai? – quis saber Sandra.

– Vou aproveitar que a Andrea e a Lara estão no hospital e dormir no quarto delas. E nem tenta vir atrás de mim. Eu exijo que você respeite a minha vontade – gritou Bárbara, batendo a porta.

Capítulo 15

Bárbara passou a maior parte do voo de volta com o olhar fixo no nada. A menina nem sequer se deu ao trabalho de cobrar uma explicação mais concreta de Sandra sobre aquele inferno em que se transformara sua vida em tão pouco tempo. Explicar o quê? Que ela havia roubado o noivo da própria irmã? Que havia engravidado dele e abandonado a filha? Que, quando teve a oportunidade de se aproximar dela, preferiu ficar batendo perna pelas ruas de Nova York? Para Bárbara, tudo isso estava muito claro.

Se alguém tinha de lhe dar explicações, essa pessoa era Sueli. Por que foi ao hospital buscar aquela criança, filha da traição do homem que amava e de sua própria irmã? Por que criou a menina no meio de uma mentira, correndo o risco de ser descoberta a qualquer momento? Por que deixou que Sandra viajasse com a filha? Essas eram as respostas que Bárbara buscaria.

Andrea e a mãe haviam ficado em Nova York, pois o médico recomendou que a menina não fizesse uma viagem tão longa com o organismo debilitado daquele jeito. Fernando veio junto, com o objetivo de intervir, caso necessário, em qualquer situação de desentendimento envolvendo Bárbara e Sandra.

No saguão de desembarque, Sueli e Anderson esperavam por Bárbara. Quando a porta se abriu e a menina despontou, caminhando em direção aos dois, com Sandra e Fernando mais atrás, Sueli não se conteve e se debulhou em lágrimas. Não houve beijo nem abraço. Bárbara foi direto ao assunto.

– Por quê? – quis saber a menina.

– Eu passei a vida inteira querendo te contar, minha filha. Nunca tive coragem – assumiu Sueli.

– Então você preferiu deixar as coisas chegarem a este ponto? Não está sendo pior assim? – questionou Bárbara.

Naquele momento, Sueli perdeu a cabeça e ameaçou partir para cima de Sandra. Anderson e Fernando, que haviam se afastado para que as três pudessem conversar, tiveram de segurar a mulher.

– Está satisfeita? Conseguiu o que queria, não é? – Sueli fuzilou a irmã com os olhos transbordando de ódio. – Conta para ela. Conta para a sua filha que você me chantageou, que só estava interessada em que ela fizesse sucesso para viver à custa do dinheiro dela.

Aquela revelação foi mais um choque para Bárbara. "Então está explicado por que minha mãe insistiu para que eu viajasse com a Sandra", pensou a menina.

Definitivamente, a mulher que Bárbara descobrira ser sua mãe não tinha a menor chance com ela. Não naquele momento, naquelas circunstâncias. Poderia até ser que, anos depois, com mais idade, a menina sentisse vontade de resgatar os laços que, sem dúvida, a ligavam a Sandra. Mas, decidida como era, seria bastante improvável que isso acontecesse.

Bárbara pensou, na viagem de volta, no quanto a mãe (ou melhor, a tia) devia ter sofrido esses anos todos. Pesou muito a generosidade de Sueli em criá-la e lhe ter devotado tanto amor e carinho. Logo ela, filha das pessoas que mais a magoaram. De qualquer forma, essa mulher teria de ser paciente até que a garota recuperasse a confiança que sempre lhe depositara.

Desfeita a confusão, Bárbara foi encontrar Anderson.

– Por que você não me contou que ficou com a Natália em Arraial do Cabo? – a menina, enfim, fez ao rapaz a pergunta que não queria calar, aproveitando que aquele era o dia de passar todas as verdades a limpo.

– Eu nunca fiquei com a Natália, Bárbara. De onde você tirou isso? – Anderson estava surpreso.

– Foi ela mesma quem me contou, depois que vocês voltaram daquela viagem – revelou Bárbara.

– A Natália só pode ter enlouquecido. Bem que ela ficou se jogando para cima de mim, teve um dia em que até tentou me agarrar – contou Anderson. – Mas como eu poderia ficar com ela, se não paro de pensar em você?

– Tá falando sério, Anderson? Eu sempre desconfiei que a Natália gostava de você e tinha uma certa inveja de mim, mas nunca imaginei que fosse capaz de inventar uma coisa dessas – surpreendeu-se a menina. – Confesso que morri de ciúme quando soube que vocês tinham ficado.

O rapaz não conseguia disfarçar sua felicidade, apesar da angústia da amada. Bárbara entregou-lhe o presente que havia trazido na bolsa de mão. O de Sueli ela guardara dentro da mala, num ato de revolta que lhe fez pensar que a mãe não merecia ganhar uma lembrança comprada com tanto carinho.

Antes de irem embora, Bárbara chamou Fernando para uma rápida conversa.

– Fernando, eu quero te pedir um tempo até você conseguir um outro trabalho para mim. Para falar a verdade, não tenho certeza se quero continuar como modelo – confessou a menina.

– Bárbara, eu entendo que você esteja passando por um momento delicado, mas quero que pense nisso com muita sensatez. Eu já disse e repito: você tem tudo para se dar bem nessa profissão, seria um desperdício deixar essa chance escapar – insistiu o empresário.

– Mas não é só essa história de família que está pegando. Eu já vinha pensando nisso mesmo antes dessa confusão toda. Sei lá, fiquei longe de casa, dos meus amigos, teve a doença da Andrea, aquela festa com gente estranha. Esse mundo é muito diferente do meu. Confesso que gostava mais da minha vida de antes – disse Bárbara, com os olhos cheios d'água.

– Bom, a decisão é sua. Só quero que saiba que estarei à disposição caso você resolva voltar a trabalhar – garantiu Fernando, com a simpatia de sempre.

– Tá bom, muito obrigada por tudo – agradeceu a menina. – Agora vamos, mãe? Estou doida para chegar em casa – disse, virando-se para Sueli.

– Você me chamou de mãe, Bárbara? – emocionou-se a mulher.

– E por acaso você não é minha mãe? – a garota abriu um sorriso, ainda que tímido.

Sim, Sueli era sua mãe. Não de sangue, mas de alma, de coração. Mesmo magoada, Bárbara continuava sentindo um amor muito grande por aquela mulher.

– Vem cá, deixa eu te dar um abraço – aproximou-se Sueli. – Me perdoa, minha filha.

– Vou pensar – disse Bárbara, deixando-se abraçar por Sueli e piscando o olho para Anderson.